Friedrich Dürrenmatt

Der Pensionierte

Fragment eines Kriminalromans

Text der Fassung letzter Hand

Faksimile des Manuskripts

Faksimile des Typoskripts
mit handschriftlichen Änderungen

Mit einem Nachwort von
Peter Rüedi und
einem editorischen Bericht von
Anna von Planta und
Ulrich Weber

Diogenes

Umschlag: Fragment (Ausschnitt)
aus dem Textband Signatur TB 6, undatiert,
in der oberen Hälfte der Seite Aufzeichnungen aus
der Erzählung ›Mondfinsternis‹,
in der unteren Hälfte Beginn des Romans
›Der Pensionierte‹

Diogenes Verlag AG Zürich
80/95/6/1
ISBN 3 257 06063 7

Inhalt

Text der Fassung letzter Hand

I

Am 30. November, am letzten Tag seines Dienstes, erschien Kommissär Höchstettler der Bernischen Kantonspolizei nicht mehr in seinem Büro am Ringhof.

Eigentlich war er kein Kommissär, sondern Polizeihauptmann, ja sogar Kommandant, wäre es mit rechten Dingen zugegangen, aber weil es mit gerechten Dingen zuging, war er Hauptmann geblieben, weshalb er sich selber degradiert hatte und sich hartnäckig Kommissär nannte.

Doch ohne Groll, denn er war seinem Beruf gegenüber skeptisch und ohne jenen Ehrgeiz, der manche Staatsdiener auszeichnet. Auch war er auf das Scheitern seiner Karriere vorbereitet gewesen. Sie verunglückte immer an der gleichen Stelle: Die Weiche, die ihn in den Endbahnhof eines Kommandanten hätte dampfen lassen sollen, wurde nie gestellt, konnte auch nie gestellt werden.

Ende der fünfziger Jahre zum ersten Mal. Der Kommandant Dr. Lucius Lutz ließ ihn kommen. »Menschenskind«, sagte er, »morgen sause ich in den Ruhestand, der ganze Kanton frohlockt. Sie sind wie ich Jurist, die Industrie beginnt auf Hochtouren zu laufen, alle verlassen kopfüber den guten Papa Staat, und Sie könnten den jüngsten Polizeikommandanten des Kantons aller Zeiten abgeben. Aber Ihr Charakter! Es ist zum Rasendwerden! Meistens schweigen Sie, doch wenn Sie reden, ist es Unsinn. Bitte: Bundesrat Kobelt, unserem kreuzbraven Kobelt, erzählten Sie, Mann Gottes, Sie hätten die Polizeilaufbahn eingeschlagen, weil die Polizei etwas Notwendiges, das Militär etwas Überflüssiges sei, besonders für kleine Staaten, die ohnehin die Eigenschaft hätten, immer wieder aufzutauchen. Schweigen Sie! Als ob Hitler vor unserer Polizei Angst gehabt hätte. Vor der hatten höchstens die Emigranten Angst. Aber vor unserer Armee muß er gezittert haben, hat nun einmal jeder wackere Schweizer zu glauben, und vor allem der Chef des Militärdepartements hat es zu glauben, sonst geht der ganze Wehrwille flöten, auch wenn es Mumpitz ist, so was zu glauben. Und unserem Bundesrat von Steiger, was binden Sie dem unter die Nase? – Dabei ist er an sich schon nicht der Hellste. – Nicht den [die] Staatsverbrecher, sondern die staatlichen Verbrecher sollte man einsperren! Höchstettler! Sie sind von allen guten Geistern verlassen. Zum Donner, ich muß statt Sie Schlaginhaufen als meinen Nachfolger vorschlagen, diesen Volltrottel. Und noch eines«, schloß Lutz seine Abschiedsrede, »Ihre zwei Scheidungen! Höchstettler, ich bin ebenfalls geschieden. Die Natur ist die Natur. Ich weiß, die Weiber sind des Helden Schwäche, und wir sind alle Helden, aber ich mußte es büßen, weiß Gott. Ein Wunder, daß man mich nicht vorzeitig pensionierte. Und gelohnt hat es sich nicht. Weib ist Weib. Aber einmal ist nicht zweimal, und Sie haben schon zweimal, und konsumieren jetzt die dritte Gattin. Sie werden, was Ihre Karriere betrifft,

Ihren Frauenkonsum noch bitter bereuen, falls Sie sich nicht mäßigen, Höchstettler. Sie werden es büßen.«

Schlaginhaufen hatte darauf Ende der sechziger Jahre auf dem Totenbett im Inselspital dem Polizeileutnant Luginbühl zugeflüstert: »Ich habe nie gegen Höchstettler intrigiert. Im Gegenteil, ich habe ihm immer gesagt, er solle einer Partei beitreten, den Bauern und Bürgern, wie es jeder rechte Berner tut, oder meinetwegen sogar den Sozis. Aber was hat er mir geantwortet? Er sei seine eigene Partei, hat er mir geantwortet. Und jetzt hat er auch noch zum fünften Mal geheiratet.«

Dann war Luginbühl, Mitglied der Bauern- und Bürgerpartei, Polizeikommandant geworden. Ihn hatte der Kommissär, der seinen Vorgesetzten – dessen Vorgesetzter er einmal gewesen war – in guter Erinnerung behalten wollte, vor einem halben Jahr im Tiefenau-Spital besucht.

Luginbühl war mit seinem Porsche auf der Autobahn Thun-Spiez frontal gegen einen Geisterfahrer geknallt.

Es sah bös aus. Die Ärzte hatten ihm beide Beine amputiert und dann erklärt, er wäre ohnehin nicht mehr zu retten gewesen.

Luginbühls Frau war in Kenia, seine Kinder auf einer Yacht im Mittelmeer, seine Eltern auf den Bermudas in den Ferien und seine Schwester in Brasilien verheiratet.

Luginbühl lächelte einsam.

»Lassen Sie sich um Gottes willen nicht noch einmal scheiden«, sagte er zum Kommissär und verschied.

Im Korridor stand der Geisterfahrer mit einem Edelweißsträußchen. Ein fünfundachtzigjähriger Bauer aus Grindelwald.

»Geht es ihm besser?«, fragte er.

»Wesentlich«, sagte der Kommissär.

Als er in sein Büro am Ringhof zurückkehrte, lag auf seinem Schreibtisch ein Brief.

Seine siebente Frau hatte die Scheidung eingereicht.

Regierungsrat Gümmliger, der Vorsteher der Bernischen Polizeidirektion, starrte zwei Tage später in der Kramgasse finster auf das Schreiben, das den Kommissär zum Kommandanten ernannt hätte und das der Regierungsrat unterzeichnen sollte.

»Unmöglich«, sagte er zu Nationalrat Ochsenbein, der im Ledersessel für Besucher eine Brissago rauchte, »›oben ohne‹ haben wir für unsere öffentlichen Schwimmbäder toleriert, aber ein Kommandant, der sich siebenmal hat scheiden lassen –, weißt du was, Ochsenbeinchen: Höchstettler wird nächstens sechzig, da lasse ich ihn pensionieren. Am 30. November. Ich halte eine feierliche Rede zum Abschied, und die Sache geht in Ordnung. Schanzen wir Wanzenried den Posten zu.«

2

Doch nicht nur am 30., schon am 29. November war der Kommissär nicht in seinem Büro im Ringhof erschienen.

Die Scheidung von seiner siebenten Frau wurde an diesem Tag vollzogen, und nach der Verhandlung bat ihn der Präsident des Zivilgerichts, Dr. Ellenberger, zu bleiben, während sich seine siebente Frau, ihr Anwalt, der Anwalt des Kommissärs, die vier Laienrichter und der Gerichtsschreiber verzogen.

Der Kommissär rief seiner siebenten Frau zwar noch nach »Leb wohl, Lisi. Alles Gute«, aber sie tat, als höre sie nichts, und nur ihr Anwalt nickte kurz zurück. Es war der alte Habegger, der schon der Rechtsanwalt seiner ersten Frau gewesen war und seitdem der sechs weiteren. Der Kommissär mochte ihn ganz gern; der nun alte Rechtsanwalt mit dem jetzt schütteren und ungepflegten Schnurrbart war ihm vertraut geworden.

Es war kurz nach zwölf. Ellenberger erhob sich. Er war ein Koloß, fast zwei Meter, über hundertfünfzig Kilo, kahl, gepflegter Spitzbart und braune Bernhardiner-Augen, deren Treuherzigkeit seinen Entscheiden etwas vom Schrecken nahm. Man nannte ihn allgemein: Berg des Schicksals.

Die Scheidung stelle doch eine kolossale Menschenverschwendung dar, meinte der Kommissär resignierend. »Was ich allein für Laienrichter verbraucht habe.«

»Achtundzwanzig und drei Gerichtsschreiber«, sagte Ellenberger und schloß seine Mappe. Dann fragte er: »Wo essen wir?«

»Weiß nicht«, sagte der Kommissär.

Er habe im ›Commerce‹ einen Tisch reserviert, meinte Ellenberger.

Die beiden zogen die Mäntel an und verließen das Amtshaus.

»Es liegt Schnee in der Luft«, sagte Ellenberger.

Sie trotteten schweigend in die Gerechtigkeitsgasse. Sie setzten sich im ›Commerce‹ hinten neben den Ausschank. Ellenberger bestellte auf spanisch, für sich gleich zwei Portionen Paëlla; er hatte ein Haus in Andalusien und war stolz auf sein ›Andalusisch‹. Sie aßen schweigend. Ellenberger, der schnell aß und den Wein wie Wasser hinunterspülte, bestellte noch eine dritte Portion Paëlla, die er verschlungen hatte, bevor der Kommissär mit seinem Steak zu Rande gekommen war. Dieser hatte heute keinen Appetit, nichts schmeckte ihm. Das Restaurant war überfüllt. Als es gegen zwei etwas stiller wurde, und sie schon den zweiten Kaffee und das zweite Pflümli hinter sich hatten, fragte Ellenberger: »Nehmen wir noch einen Halben Fendant?« Dann fügte er bei: »Auf meine Rechnung, viel kannst du dir ja nicht leisten.«

»Warum nicht?«, fragte der Kommissär.

»Na ja, nach deinen sieben Scheidungen.«

Als Junggeselle würde er das Maul halten, brummte der Kommissär, und außerdem fresse Ellenberger sich in Summen hinein, welche die Kosten, die zwei siebenfach geschiedene Kommissäre für ihre Frauen aufzuwenden hätten, mehrfach überträfen.

Als vorsichtiger Mann habe er das Recht zu reden, erwiderte der Präsident des Zivilgerichts, sein Appetit sei seine Privatsache, verlangte die Zigarrenkiste und wählte eine Brasil ›Presidente‹. Die seien leichter als eine Havanna, erklärte er, kostete den Fendant, bevor er die Zigarre anzündete, sagte »Prost« und schüttelte langsam mit einer Mischung von Verblüffung und Verwunderung den Kopf. »Daß ich das vor meiner Pensionierung noch erleben durfte.«

»Was denn?«, fragte der Kommissär.

»Deine siebente Scheidung«, sagte Ellenberger. »Siebenmal. Unsagbar. Und immer der gleiche schlanke Typ. Nur daß mit der Zeit der Altersunterschied immer größer wurde. Dazu bringen sie jedesmal den gleichen Grund vor: Du würdest wochenlang nicht reden, hättest überhaupt in allen Belangen jedes Interesse verloren.«

Ein riesiger Kerl mit einem schwarzen Bart und einem schwarzen Manchesteranzug setzte sich zu ihnen.

»Tag, Ellenberger«, sagte er.

»Grüß dich, Mushaber«, sagte der Präsident des Zivilgerichts.

Mushaber glotzte den Kommissär an. »Pfui, Teufel!«, sagte er, stand auf und verließ das ›Commerce‹.

»Ich habe ihn schon dreimal geschieden«, stellte Ellenberger fest. »Nur dreimal!«. Dann lachte er. »Na ja, ich bin eben verwöhnt.«

»Meinetwegen wurde er eingebuchtet«, erklärte der Kommissär.

»Wieso?«, fragte Ellenberger.

»Er verkaufte einen Hodler.«

»Und?«

»Der Hodler war von Mushaber selber«, antwortete der Kommissär.

Der Präsident des Zivilgerichts schwieg, zog an seiner Zigarre, leerte sein Glas und sagte: »Er hat mir auch einen Hodler vermittelt.«

»So, so«, sagte der Kommissär.

»Auf alle Fälle ist Mushaber ein guter Maler«, meinte Ellenberger verunsichert.

»Aber ein schlechter Fälscher«, erklärte der Kommissär und leerte auch sein Glas, schenkte beiden ein und sagte: »Witzwil hat ihm gutgetan. Er machte Fortschritte.«

»Seine Landschaften sind phantastisch«, nickte Ellenberger.

»Sein letzter Hodler ist phantastisch«, meinte der Kommissär.

»Und du ließest ihn nicht wieder einbuchten?«, fragte der Präsident des Zivilgerichts nicht ohne Stirnrunzeln.

»Wozu?«, fragte der Kommissär und trank. Eine gute Fälschung sei besser als ein schlechtes Original, sagte er darauf. »Ich hoffe, du hast eine solche.« Dann dachte er nach.

»Weißt du, Ellenberger«, gab er zu, »daß es mir nachträglich vorkommt, wenn ich an meine Frauen denke, als seien sie alle die gleiche gewesen. Das hast du richtig beobachtet. Ich habe wahrscheinlich so viele Frauen verbraucht, weil sie in meinem Leben keine Rolle spielten. Das spürten sie und langweilten sich bei mir. Aber was willst du, nach dem Dienst brauche ich meine Ruhe.«

»Brauchte«, entgegnete Ellenberger. »Morgen ist dein letzter Tag im Dienst. Daran hättet ihr beide denken müssen.«

»Wer?«

»Du und deine siebente Frau.«

»Wieso?«

»Die Pensionierung hättet ihr beide abwarten sollen«, erklärte Ellenberger überzeugt. »Dann hätte es vielleicht einmal mit deiner Ehe geklappt.«

»Um Gottes willen«, starrte ihn der Kommissär an und schüttelte den Kopf. »Nein, Ellenberger, meine siebente hatte wie meine sechs anderen den richtigen Instinkt. Ich bin nur momentan etwas für die Frauen, so zwei Monate finden sie mich ganz nett, so weit reicht ihre Phantasie, dann hoffen sie noch zwei, drei Jahre, sie hätten sich nicht getäuscht, aber dann –«

»Nehmen wir noch einen Halben«, schlug Ellenberger vor. Dann legte er die Brasil auf den Aschenbecher, meinte, sie sei doch zu stark, er werde alt, holte seine alte Dunhill-Pfeife hervor, stopfte sie, während der Kellner mit dem Halben kam und einschenkte, steckte den schwarzen Sobranje-Tabak sorgfältig in Brand und fragte den Kommissär nachdenklich: »Warum, zum Teufel, erkläre mir mal, hast du überhaupt geheiratet?«

»Halt so«, antwortete der Kommissär.

Ellenberger beschäftigte sich mit seiner Dunhill. »Ich weiß, Höchstettler«, sagte er, »es ist eine komische Frage, so nach den sieben verunglückten Ehen. Aber ich meine, es wäre für dich einfacher gewesen, wenn du nie geheiratet hättest. Offengestanden hat mir keine deiner sieben Ehen eingeleuchtet.«

»Wem sagst du das«, antwortete der Kommissär und dann sagte er: »Der verdammte Scheißberuf.«

»Welcher?«, fragte Ellenberger.

»Meiner.«

»Ich dachte, du meinst meinen«, sagte Ellenberger. »Wir haben beide Scheißberufe.« Dann überlegte er. »Was haben deine Ehen mit deinem Beruf zu tun?«

»Berufsdeformation«, erklärte der Kommissär und nahm sich Fendant.

Ellenberger paffte und stank nach Sobranje.

Der Kommissär stellte sein Glas wieder hin. »Warum hast du nie geheiratet und ich siebenmal? Ich will es dir sagen: weil wir beide dieselben himmeltraurigen Figuren darstellen, wir sind beide Vertreter des Gesetzlichen. Klingt pathetisch. Darum ist es denn auch so komisch. Wir sind Komödianten, Ellenberger, Komödianten. Der Unterschied zwischen uns beiden ist nur, daß du nach den Gesetzen urteilst und ich nach den Gesetzen handeln sollte. Sollte. Du hast zu entscheiden, ob etwas gesetzlich noch möglich ist oder nicht, eine Ehe zum

Beispiel, während ich – na ja, ich muß handeln, und erst dann, wenn ich gehandelt habe, entscheidet ihr Richter, und damit das Gesetz, ob ich richtig gehandelt hatte.«

Ellenberger massierte seine Nase. Das tat er immer, wenn er nachdachte.

»Auf dich hat es abgefärbt und auf mich«, fuhr der Kommissär düster fort, »der Umgang mit den verdammten Gesetzen, meine ich, hat abgefärbt. Du bist den Weibern gegenüber allzu vorsichtig geworden; du hast nie geheiratet, um ja nicht deinen Kollegen, den fürchterlichen, langweiligen Kestenholz einmal bitten zu müssen, dich selber zu scheiden. Und ich wette, du bist vor lauter Respekt vor den Gesetzen nie mit einer in dieser Stadt ins Bett gegangen – dazu sind deine Ferien im Ausland da, mein Bursche; es zieht dich ja ziemlich oft nach Hamburg –, während ich – ob du es glaubst oder nicht – jede, mit der ich unbedingt ins Bett wollte, auch geheiratet habe. Sozusagen aus lauter Routine, ich staune selber. Ob du jemanden verhaftest oder verehelichst, ist schließlich dasselbe. Ich bin ein armer Kerl, Ellenberger. Ich handle als Polizist aus lauter Gewohnheit gesetzlich, und damit in punkto Weiber in Richtung Ehe. Es ist ein Jammer: Meine Ehen waren blödsinnige Gesetzerfüllungsehen aus Routine. Nichts was die Frauen dir mehr übelnehmen, und mir nahmen sie es übel, weiß Gott. Eine jede ließ sich scheiden, kaum war sie dahintergekommen.«

Ellenberger lehnte sich zurück und betrachtete den Kommissär. »Du tust mir leid«, sagte er.

Der Kommissär zuckte die Achsel. »Du mir auch«, meinte er.

Ellenberger überlegte. »Hättest du nicht die eine oder die andere vielleicht doch nicht zu verhaften brauchen?«

»Die zehnte heirate ich nicht mehr«, beteuerte der Kommissär, »mit der gehe ich bloß noch ins Bett.«

Der Kellner meldete einen Anruf vom Ringhof. Der Kommissär rührte sich nicht. Dann kam der Patron und sagte, es sei Dr. Wanzenried, der den Kommissär sprechen möchte. Der Kommissär blieb sitzen.

»Nehmen wir noch einen Halben«, schlug der Präsident des Zivilgerichts vor. »Ich habe heute niemanden mehr zu scheiden. Nur eine Scheidung am Tag wird was Rares. Muß gefeiert werden.«

Als der Kellner den Halben gebracht hatte, fragte er nebenbei: »Was weißt du von Hamburg?«

»Hamburg ist eine große Stadt«, wich der Kommissär aus.

»Ich meine von mir und Hamburg«, insistierte der Präsident des Zivilgerichts.

»Vergiß es, Ellenberger«, beschwichtigte ihn der Kommissär. »Wir von der Polizei bekommen nun einmal nebenbei vieles zu wissen, das wir eigentlich nicht zu wissen brauchen. Auch über Zivilgerichtspräsidenten. Wir sind im Verlauf der Zeit eine internationale Bagage geworden.«

»Das kann man wohl sagen«, Ellenberger nickte und schaute in die Rauchwolken seiner Dunhill. »Der Angstschweiß bricht einem aus.«

Die beiden schwiegen. Am Tisch beim Fenster diskutierten junge Leute über die Multis. Sie waren alle gegeneinander und dagegen.

»Eine verdammt schöne Frau«, meinte Ellenberger.

»Wer?«, fragte der Kommissär, der den jungen Leuten zugehört hatte.

»Lisi«, antwortete der andere.

Der Kommissär leerte sein Glas in einem Zug, schenkte sich ein. »Eine Schweinerei ist es irgendwie schon«, sagte er.

»Was?«, fragte Ellenberger.

»Die Multis«, sagte der Kommissär.

»Ach so. Na schön. Möglich«, brummte Ellenberger, »nicht mein Gebiet.«

Sie schwiegen wieder.

»Welche Lisi?«, fragte nach einer Weile der Kommissär.

Ellenberger leerte sein Glas auch in einem Zug.

»Deine siebente Frau«, meinte er. »Ich glaube, du hast schon vergessen, wie sie heißt.«

»Man kann sich nicht alle Namen merken«, antwortete der Kommissär.

Der Präsident des Zivilgerichts dachte nach. »Nächstes Jahr werde ich auch pensioniert«, sagte er.

[An dieser Stelle folgt als Textvariante zu Kapitel 3 der Fassung letzter Hand ein zweites Kapitel 2, das im Anhang dieser Ausgabe abgedruckt ist.]

3

Sie saßen immer noch im ›Commerce‹. Sie hatten nach dem letzten Halben noch einen allerletzten bestellt und darauf noch einen endgültig letzten. Dann begleitete der Kommissär den Präsidenten des Zivilgerichts, der etwas schwankte, zum Amtshaus zurück. Es begann in großen und schwebenden Flocken aus einem unbeweglichen schieferdunklen Himmel zu schneien. Der Kommissär ging vom Amtshaus über die Passerelle beim Bahnhof in das Länggassviertel, doch blieb er in der Gesellschaftsstraße vor dem Hause, in welchem er im zweiten Stock wohnte, unschlüssig stehen. Er dachte an den nächsten Morgen, an sein Büro im Ringhof, das er immer gehaßt hatte, an Gümmliger, der so gerne Abschiedsreden hielt und darum morgen aufgekreuzt käme, an seinen Nachfolger Wanzenried, der, scheinheilig wie er nun einmal war, auch seinen Spruch aufsagen würde. Nun, er könnte etwas Unverständliches brummen, irgendeinen Dank, das wußte er, und möglicherweise hatte man einen Korb mit Früchten und Wein als Abschiedsgeschenk eingekauft oder ein Buch über den Kanton, illustriert, Gümmliger kam oft mit Geschichtlichem, aber wozu? Es schneite immer mehr, die Gesellschaftsstraße wurde allmählich weiß. Der Kommissär ging zu seinem Wagen. Er hatte den alten Chevrolet nach seiner Gewohnheit vor der Wohnung seines Nachbars, der Studentenmensa gegenüber geparkt; eigentlich war es verboten, aber die Stadtpolizei ließ ihn unbehelligt. Der Kommissär schloß den Impala auf, setzte sich hinter das Steuer, schaltete das Radio ein und lehnte sich zurück. Irgend jemand hielt einen Vortrag über einen Schriftsteller, dessen Untergang längst unaufhaltsam geworden sei, den die Veränderung der Gesellschaftsordnung nie interessiert, ja der sich öffentlich bekannt habe, er sei Anti-Hegelianer. Was es heute für Verbrechen gibt, dachte der Kommissär und schaute zu, wie der Schnee die Scheibe bedeckte. Er überlegte, wie viele Halbe er mit Ellenberger getrunken hatte, brachte sie nicht mehr zusammen, setzte die Scheibenwischer in Gang, doch mußte er wieder aussteigen und die Rückscheibe und die Seitenfenster vom Schnee säubern, bevor er starten konnte. Dann fuhr er aus der Stadt ins Schneetreiben hinein.

Es wurde schnell dunkel. Im Licht der Scheinwerfer sah es aus, als fege der Schnee von ihm weg. Er war von einer Welt voll Silber umgeben, hinter der die Dunkelheit lauerte, in die er hineinglitt, aus der riesenhafte gelbe Augen heranwuchsen: die Wagen, die ihm entgegenkamen. Der im Radio meinte, das Unverbindliche sei die eigentliche Domäne dieses Schriftstellers, darum sei es typisch, daß er in seinem letzten Werk wieder zum Kriminalroman zurückgekehrt sei, die vielbändige Prosa, von der er immer erzählt habe, sei offenbar eine der vielen Flunkereien, mit der er sich umgebe. Aus dem Schneetreiben war ein Schneesturm geworden. Der Verkehr nahm fast schlagartig ab. Der Einbruch des Winters nach dem langen schönen Herbst kam für die meisten unerwartet. Viele Wagen fuhren nicht weiter oder trauten sich nicht weiter. Der Scheibenwischer vermochte kaum noch den Schnee zu bewältigen. Das einzige, das am Versuch des Schriftstellers, die Gattung des Kriminalromans wieder aufzunehmen, nicht enttäusche – redete der im Radio, der immer noch bei seinem Vortrag war –, sei das Vorwort, wenigstens insofern ein Novum, als es in den letzten Arbeiten stets das Nachwort gewesen sei, das den bescheidenen Ansprüchen Genüge getan hätte, die man jetzt an diesen Autor stelle. Ein literarisches Programm habe ihm gerade noch gefehlt, dachte der Kommissär, aber das Heranwüten der Schneemassen ließ ihm keine Zeit, einen anderen Sender zu wählen. Der Impala geriet ins Rutschen, kam wieder frei. Die große Steigung nach der Stadt nahm er mit Mühe. Ein Volkswagen überholte ihn spielend. Plötzlich tauchte etwas vor dem Impala auf. Dieser stellte sich gleitend schräg zur Straße. Etwas fiel gegen die Scheibenwischer, die anhielten. Der Kommissär verließ den Wagen, stand im Schnee. Auf dem Kühler lag ein Junge. Ein großer Hund, kam es dem Kommissär vor, rannte mit einem Schlitten, auf dem ein Milchkessel befestigt war, die verschneite Straße hinab, verschwand im Schnee, der auf alles herunterstürzte.

»Entschuldigung«, stammelte der Junge, kletterte vom Kühler und rannte zwischen dem Wagen und dem Kommissär seinem Schlitten nach.

Der Kommissär rief ihm nach: »Du Lappi«, setzte sich, froh,

daß alles gut abgelaufen war, wieder hinter das Steuer, wenn auch ohne großes Zutrauen, den Wagen flott zu kriegen, schlug die Tür zu, doch vermochte er loszukommen, wie wußte er nicht, jeden Augenblick glaubte er, der Impala schaffe es nicht, und dann schaffte er es doch. Die Schilderung, wie der Autor auf die Idee gekommen sei, den Kriminalroman zu schreiben, den er jetzt leider geschrieben habe – hörte er wieder den im Radio dozieren, jedes Wort betonend, als wäre es eine Kostbarkeit –, sei das Beste am Buch. Eigentlich habe der Schriftsteller zuerst nur vom Schneesturm geträumt, mit dem die Handlung beginne, sei er doch einmal auf einer Insel der Großen Antillen in einem Hotel in einem Regenwald verschlagen gewesen. Hoffentlich hat er nicht von diesem Schneesturm geträumt, dachte der Kommissär, von so einem träumt man nicht einmal. Die Steigung schien endlos zu sein. Der Impala pflügte durch den Schnee. Die unentwegt herunterstürzenden Wassermassen, sagte der im Radio, das entsetzliche Rauschen der Palmen, mehr einem unaufhörlichen Schleifen von Messern vergleichbar, die naßwarme Luft, durch die er sich damals bewegte, die alles befeuchtete, daß es ihm war, als gebe es keinen Innenraum mehr, als seien die Decke und die Wände seines Zimmers sinnlos, die Eintönigkeit, die Müdigkeit, in die er im immerwährenden Trommeln und Wetzen versank. Endlich war die Steigung besiegt. Der Kommissär wunderte sich selber – fuhr er doch sehr eigenwillig und ohne besondere Kenntnis der Fahrkünste, über die einige Anekdoten kursierten. Auch ärgerte er sich, daß er noch nicht wußte, warum und wohin er eigentlich losgefahren sei, obgleich es doch schon in der Gesellschaftsstraße geschneit hatte. Wollte er morgen nicht ins Büro, hätte er auch in seiner Wohnung bleiben können. Die Lichter eines Dorfes tauchten auf. Ohne die Geschwindigkeit zu verringern, schlitterte und schlingerte er durch. Nur fahren, nur fahren. Der im Radio rezensierte weiter: Als Gegenbild zum triefenden und undurchdringlichen Palmenurwald, der sich damals unter seinem Fenster ausbreitete, in eine Schlucht hinunterwucherte, als Abwehr gleichsam gegen das Dampfbad des höllischen Klimas sei – behauptet der Autor – in ihm die Vision der Fahrt in ein nächtliches Schneegestöber hinein aufgestiegen. So ein Quatschkopf, dachte der Kommissär und wußte selber nicht, wen er meinte, den Autor, den Sprecher oder beide. Er preschte über eine Hochebene, der Impala pflügte sich durch den Schnee. Eine Wagenkolonne kam ihm entgegen, vorsichtig, langsam. Ein Wagen folgte ihm, wie er erst jetzt bemerkte, blendete ihn im Rückspiegel. Gewiß, wir wollen es dem Autor beinahe glauben – fuhr der im Radio fort – und auch, daß die übrigen Abenteuer der Reise ihn animierten, es wieder mit einem Kriminalroman zu versuchen, aber wir sehen tiefer als der nun doch allzu naive Autor: Der Schneesturm ist das Gleichnis einer erstarrten Schöpferkraft, und die Rückkehr zum Kriminalroman ein verzweifelter Versuch, sie wiederzuerlangen. Jazz wäre jetzt das Richtige, ein wilder Jazz, dachte der Kommissär, aber er wagte nicht zu suchen, umklammerte das Steuer. Die Wagenkolonne wollte kein Ende nehmen. Dann auf einmal war die Straße leer. Der Kommissär atmete auf. Und wenn nun gar – redete der im Radio weiter – der Autor treuherzig gestehe, die Hauptschwierigkeit beim endgültigen Niederschreiben sei die gewesen, daß er nach den zehn Jahren, die seit der Konzeption und der ersten Fassung vergangen seien, inzwischen das Alter seines Helden erreicht habe, so daß sich für ihn, den Autor, immer mehr das Problem stelle, was mache der Hauptheld denn eigentlich aus dem Rest seines Lebens. Die Kultur im Radio sollte man verbieten, dachte der Kommissär und schaltete ab, starrte dabei durch die Scheibe, fluchte vor sich hin: Von weitem sah er im Scheinwerferlicht etwas Großes auf der Straße liegen. Er nahm das Gas weg, ans Bremsen war nicht zu denken. Zu spät. Von hinten kam der Wagen näher. Der Kommissär mußte bremsen. Der Impala geriet in ein sanftes Rutschen zeitlupenhaft, prallte gegen die große schwarze Masse, die auf der Straße lag, die aufsprang. Eine Kuh. Von hinten kam der Wagen glücklich vorbei, verschwand in der weißen Finsternis. Die Kuh verschwand lautlos im Schneefall und im Schneefeld neben der Straße. Der Kommissär ließ das Fenster herunter, Schnee fiel in den Wagen. Neben dem Impala stand eine Gestalt, auch sie voller Schnee.

»Danke vielmals«, sagte eine rauhe Männerstimme. »Ich wußte immer, das Vieh könne von selber aufstehen.«

Der Kommissär hatte genug. Er fuhr einem Waldrand entlang und hielt beim nächsten Gasthof. Er wußte, wo er war und warum er diese Fahrt in den plötzlich einsetzenden Winter hinein unternommen hatte.

4

Der Gasthof lag am Waldrand und war früher eine kleine verlotterte Pinte gewesen, die vor einigen Jahren abbrannte. Wie ein Strohfeuer ging alles vorüber. Schnell, fast lautlos. Am nächsten Morgen sah alles fein säuberlich aus, hätte man fast sagen können, nicht einmal einige verkohlte Balken waren zu sehen; dazu war die verlotterte Pinte gegen Brand hoch versichert, erstaunlich hoch, und schon ein halbes Jahr später stand eine neue Wirtschaft da, der Gasthof eben, vor dem der Kommissär parkte, indem er den Impala vor der Tür stehen ließ, ebenso sorglos wie unerlaubt, war doch der neue Gasthof ein piekfeines Freßlokal geworden mit erlesenen Burgundern und Bordeaux, das einen eigenen Parkplatz besaß, auf dem jetzt zwar nur wenige Wagen standen, vom Schnee wie mit einem dichten weichen Teppich bedeckt. Auf der anderen Seite der Straße war ein weiterer Parkplatz, auf dem standen drei Lastwagen.

Der Kommissär betrat das Gasthaus, doch ging er nicht in den vornehm gepflegten heimatlichen Speisesaal, wo jene dinierten, die sich etwas Besonderes leisten wollten, sondern in die Gaststube, wo die Lastwagenführer saßen und einige Bauern aus der Umgebung jassten. Sie schauten nicht auf. Der Kommissär setzte sich beim Ofen in die Ecke. Eine junge schlanke Kellnerin mit hellbraunem Haar und Sommersprossen an den Armen, die hinter der Theke hervorkam, stutzte einen Augenblick. Der Kommissär bestellte zwei Spiegeleier, Brot und einen Dreier Beaujolais. »Aber nicht zu kalt«, fügte er bei. Die Wirtin betrat die Gaststube, tat, als ob sie den Kommissär nicht bemerkte und verschwand wieder. Darauf brachte die Kellnerin die Spiegeleier, das Brot und den Wein.

»Wie geht's, Fräulein Blaser?«, fragte der Kommissär.

»Nennen Sie mich ruhig, wie mich immer noch alle nennen«, sagte sie mürrisch.

»Wie geht's, Clair?«, fragte der Kommissär.

»Es geht mir so, daß es Sie nichts angeht«, antwortete die Kellnerin und setzte den Teller mit den beiden Spiegeleiern auf den Tisch.

Dann kam der Wirt. »Wer hat denn so blöd geparkt, direkt vor dem Eingang?«, fragte er, verstummte, zögerte, nahm dem Kommissär gegenüber Platz.

»Hm«, meinte der Kommissär, »die Clair arbeitet also bei Ihnen, Herr Bottiger.«

»Hat sie was angestellt?«, fragte Bottiger.

»Übermorgen bin ich pensioniert«, entgegnete der Kommissär.

»Sie ging auf den Strich«, sagte der Wirt, »ich weiß es schon. Und manchmal ließ sie ein Portemonnaie mitlaufen. Aber sie serviert nur in der Wirtschaft und wohnt nicht hier.«

Der Kommissär aß seine Spiegeleier, tunkte Brot hinein.

»Ein schönes neues Restaurant haben Sie sich da aufgebaut, Herr Bottiger«, bemerkte er.

»Das alte war gut versichert«, sagte der Wirt.

»Zu gut versichert«, meinte der Kommissär.

»Clair, noch einen Halben Beaujolais und mir auch ein Glas«, befahl der Wirt.

Die beiden Männer schwiegen. Der Kommissär schaute nach der Fensterreihe, hinter der die Schwärze der Nacht wie eine Mauer stand, fremd, abweisend und undurchdringlich.

»Schneit es noch?«, fragte er.

»Es schneit und schneit«, antwortete der Wirt. »Es nimmt mich nur wunder, wie die Gäste in die Stadt zurückkommen.«

»Nicht meine Sorge«, antwortete der Kommissär.

Die Kellnerin mit den Sommersprossen an den Armen brachte den Halben und das Glas für den Wirt, schenkte beiden ein. Der Kommissär reichte Herrn Bottiger einen kleinen schwarzen Gegenstand über den Tisch.

»Was soll das sein?«, fragte der Wirt.

»Ein vom Feuer verbogenes Feuerzeug«, antwortete der Kommissär. »Ihr Feuerzeug, Herr Bottiger.«

Der Wirt leerte sein Glas Beaujolais und meinte, es gebe einen langen Winter.

»Mein alter Chevrolet Impala kam einige Male ins Rutschen« , berichtete der Kommissär.

»Ich fahre einen Mercedes 220«, sagte der Wirt, »einen automatischen.«

»Das können Sie sich jetzt ja leisten, Herr Bottiger«, stellte der Kommissär fest. »Übrigens muß ich Ihnen gratulieren, Sie sehen besser aus als früher.«

»Ich trinke weniger«, entgegnete der Wirt und schob dem Kommissär das Feuerzeug wieder zu. »Das gehört mir nicht«, sagte er.

Der Kommissär leerte sein Glas ebenfalls.

»Nach dem Brand, Herr Bottiger, untersuchte ich die Brandstätte, Sie werden sich erinnern. Dabei fand ich dieses Feuerzeug in den Überresten des verbrannten Hauses, dort, wo der Schopf stand. Ich ließ die Überreste analysieren. Das Heu war mit Benzin übergossen worden.«

»Der Beaujolais schmeckt mir nicht«, sagte der Wirt. »Trinken Sie mit mir eine Flasche La Tour, mise en bouteille au château 1970.«

»Gern«, sagte der Kommissär.

Die Kellnerin brachte die Flasche.

»Er ist gut temperiert«, sagte der Wirt. »Ich trinke zum ersten Mal solchen Wein. Nur Gäste, die sich ihn leisten können, trinken ihn.«

»Jetzt können Sie sich ihn leisten«, sagte der Kommissär.

»Das erste und letzte Mal«, brummte der Wirt und entkorkte die Flasche selber, goß sorgfältig in zwei Bordeauxgläser ein.

»Vortrefflich!«, lobte der Kommissär.

»Pauillac«, meinte der Wirt verlegen.

Der Kommissär kostete den Wein aufs neue. Er kenne sich in teuren Weinen nicht aus, bemerkte er.

»Der beste Bordeaux, den es gibt, meiner Meinung nach«, sagte der Wirt, und seine Stimme klang traurig.

»Haben Sie auch Zimmer, Herr Bottiger?«

»Auch.«

»Ich übernachte hier«, sagte der Kommissär. »Haben Sie für mich ein Pyjama? Ich habe nichts bei mir. Ich bin einfach losgefahren.«

Der Wirt schwieg. »Einfach so?«, fragte er nach einer Weile.

»Einfach so«, sagte der Kommissär.

»Sie können eins meiner Pyjamas haben«, sagte der Wirt nachdenklich.

Der Kommissär lehnte sich zurück. »Trinken wir den Château La Tour zu Ende«, sagte er. »Und noch eine Bitte, Herr Bottiger. Hier mein Wagenschlüssel. Im Kofferraum befinden sich zwei Winterpneus. Lassen Sie die mir doch morgen aufmontieren. Die Garage ist ja nicht weit.«

5

Am nächsten Morgen, als der Kommissär vor die Tür des Gasthofes trat, war es eiskalt, obgleich die Sonne schien. Es hatte in der Nacht noch mehr geschneit, aber jetzt hatte die Bise eingesetzt. Sein Wagen war schon vorgefahren, die Winterpneus montiert. Neben dem Kommissär tauchte der Wirt auf.

»Trinken wir noch eine Tasse Kaffee?«, fragte Herr Bottiger.

»Gern«, antwortete der Kommissär, »diese Hundskälte ist zu früh gekommen.«

»Was habe ich Ihnen gestern gesagt?«, meinte der Wirt. »Es gibt einen strengen Winter, habe ich gestern gesagt.«

»Im Gegenteil«, antwortete der Kommissär und setzte sich hinter den Tisch am Ofen. Der Winter werde milde sein, viel Schnee auf einmal sei kein gutes Zeichen für einen anständigen Winter, schon bald werde es wärmer, der Regen werde einsetzen, und so werde es den ganzen Dezember über bleiben.

»Café complet?«, fragte der Wirt.

Er trinke nur einen Milchkaffee, meinte der Kommissär. Die Wirtin servierte, sonst war niemand in der Gaststube.

»Wollen wir nun gehen?«, fragte der Wirt, als der Kommissär seinen Milchkaffee ausgetrunken hatte.

»Wir?«, fragte der Kommissär und betrachtete den Wirt nachdenklich. »Was meinen Sie mit ›wir‹, Herr Bottiger?«

Der Wirt schwieg eine Weile. Dann sagte er langsam: »Ich gebe es ja zu, daß ich die alte Pinte niedergebrannt habe. Sie können mich abführen, Herr Kommissär, ich bin bereit, und auch meine Frau ist bereit. Deshalb sind Sie doch gekommen.«

»Ich habe meinen Mann dazu angestiftet«, sagte die Wirtin und setzte sich zu ihnen.

Er sei nicht deshalb gekommen, antwortete der Kommissär.

»Warum denn?«, fragte der Wirt.

»Ich sagte es Ihnen ja, Herr Bottiger, ich bin einfach so gekommen«, sagte der Kommissär und trank bedächtig Milchkaffee. Dann schaute er auf.

»Vor einem Jahr«, sagte er, »habe ich oft in Ihrem Gasthaus gesessen, Frau Bottiger. Es ist eine phantastische Freßbeiz geworden. Ihr beide habt etwas aus der Feuersbrunst gemacht. Daß dabei die Versicherung gerupft wurde, zugegeben, doch floriert sie deshalb weniger? Ich habe so viele Menschen in meinem Leben verhaftet, daß ich, weiß [der] Teufel, es manchmal als meine moralische Pflicht angesehen habe, hin und wieder jemanden nicht zu verhaften. Sehen Sie, Herr Bottiger, ich kannte einmal einen Pfarrer, der jedes Jahr den zehnten Teil seines Einkommens in eine besondere Kasse tat, in die Armenkasse, und so habe ich denn auch immer jeden zehnten meiner Verbrecher in eine besondere Kasse getan, in meine Ungerechtigkeitskasse. Hier, Herr Bottiger, Ihr Feuerzeug. Werfen Sie es irgendwo in den Wald. Die Expertise über das mit Benzin übergossene Heu ist längst vernichtet. Und nun geben Sie mir die Rechnung fürs Essen, für den Dreier Beaujolais, fürs Übernachten und für den Pneuwechsel, damit wir uns nichts schuldig bleiben. Zum Château La Tour gestern abend und zum Milchkaffee heute morgen haben Sie mich eingeladen, und dafür danke ich Ihnen auch recht schön.«

6

Er lenkte den alten Impala nicht auf die Hauptstraße, sondern wählte eine Nebenstraße, die in den Wald hineinführte. Über die Straße war schon ein Schneepflug gefahren, doch als er in einen Waldweg einbiegen wollte, erwies sich dieser als unpassierbar. Der Kommissär verließ den Impala, verschloß ihn und stapfte durch den Schnee in den Waldweg hinein. Die Tannen waren weiß, der Kommissär, der die Natur haßte, kam sich vor, als arbeite er sich durch eine ungeheure Zuckertorte. Sein Mantel gab ihm zwar warm, doch der Schnee war in seine Schuhe gedrungen. Er stapfte mit nassen Füßen hindurch. Eine Frau kam ihm entgegen, in hohen Stiefeln und in einem schwarzen Persianer.

»Guten Morgen, Clair«, grüßte der Kommissär, »Sie wohnen bei Feller?«

»Sie wollen zu ihm?« fragte Clair. Ihre Züge waren streng, aber sie war immer noch ein schönes Mädchen, wenn es auch dem Kommissär eigentlich schwerfiel, sich zu erklären, warum ihm Clair so außergewöhnlich gefiel.

»Es scheint Ihnen gutzugehen, Clair«, sagte der Kommissär.

»Was wollen Sie bei Feller?« fragte sie.

Der Kommissär betrachtete die Frau nachdenklich.

»Feller und ich sind alte Freunde«, antwortete er endlich.

»Davon weiß ich nichts«, sagte sie.

»Feller auch nicht«, lachte er und stapfte weiter.

Sie sah ihm mißtrauisch nach, bis er hinter der nächsten Tannengruppe verschwunden war, dann rannte sie in den Wald hinein. Sie kam schneller vorwärts als auf dem Waldweg, weil unter den Tannen weniger Schnee lag. Nur bei einer kleinen Lichtung fiel sie hin. Jemand half ihr auf. Es war der Kommissär.

»Gehen Sie ruhig zu Ihrer Arbeit beim Bottiger, Clair«, sagte er, »dem Feller wird nichts geschehen. Ich verspreche es Ihnen.«

Clair schaute den Kommissär an.

»Wenn Sie es sagen«, murmelte sie fast unhörbar.

»Ich sage es«, antwortete der Kommissär und schaute ihr nach, wie sie im Walde verschwand. Dann watete er durch den Schnee weiter.

7

Fellers Autofriedhof erreichte der Kommissär eine Viertelstunde später. Die zerquetschten, verbeulten, auf jede Weise beschädigten oder dann einfach wieder uralten, längst aus der Mode gekommenen und halb abmontierten Automobile sahen unter der Schneedecke in der großen Waldlichtung bizarr aus, und der Kommissär bemerkte mit Befriedigung, daß es sich der Hauptsache nach um Lastwagen handelte. Er stapfte auf das Haus zu. Feller saß auf einem alten Traktor, mit dem er einen noch älteren Lastwagen in eine Baracke abschleppte.

»Guten Morgen, Feller!« grüßte der Kommissär.

Feller stieg vom Traktor, kratzte sich am Kopf und fragte: »Wer sind Sie denn?«

»Das weißt du ganz genau«, antwortete der Kommissär.

»Na ja«, brummte Feller, »es kommt mir so vor, Sie könnten der Kommissär von der Kantonalpolizei sein.«

»Gehen wir hinein«, sagte der Kommissär.

»Gehen wir hinein«, sagte Feller.

Sie betraten das Haus und gingen durch einen Korridor. Die Tür zum Wohnzimmer stand offen. Die Küche sah ordentlich aus. Clair halte das Haus gut in Ordnung, stellte der Kommissär fest.

»Ein prima Mädchen«, meinte Feller, schaute dann den

Kommissär mißtrauisch an. «Hat sie wieder mal in der Stadt – ich meine, liegt wieder mal etwas gegen sie vor?«

»Nein«, antwortete der Kommissär.

»Ich würde sie trotzdem heiraten«, sagte Feller.

»Das würde ich auch, an deiner Stelle«, pflichtete ihm der Kommissär bei.

»Aber heiraten ist ja nicht mehr modern«, meinte Feller.

»In deinen Kreisen schon«, korrigierte der Kommissär.

Sie setzten sich an den Küchentisch. Auf dem Herd stand über einem kleinen Feuer eine Kanne.

»Kaffee?«

»Gern.«

Feller schenkte aus der Kanne den Kaffee in zwei große blaue Tassen ein. Der Kommissär zog die Schuhe aus und hielt die Füße gegen den Herd.

»Kirsch?« fragte Feller und holte eine Chiantiflasche vom Regal.

»Warum nicht«, nickte der Kommissär.

»Er ist prima«, meinte Feller. »In den Kaffee?«

»In den Kaffee.«

Feller goß Kirsch in den Kaffee. Der Kommissär kostete. »Den ›Kaffee mit‹ wirst du nötig haben«, stellte er fest.

»Sie sind also meinetwegen gekommen«, ging es Feller auf.

»Deinetwegen«, bestätigte der Kommissär.

Die beiden schwiegen.

»Sind Sie allein gekommen?«, fragte Feller.

»Allein. Niemand weiß, daß ich bei dir bin, niemand außer Clair«, sagte der Kommissär.

»Niemand außer Clair«, wiederholte Feller und schnappte ein großes Klappmesser auf.

»Und die wird schweigen.«

8

Feller schnitt sich mit dem Klappmesser sorgfältig ein großes Stück von einem länglichen Brot ab, holte Käse, schnitt sich ebenso sorgfältig ein Stück heraus und schnappte das Klappmesser wieder zu.

»Was wollen Sie bei mir?«, wollte er wissen.

Der Kommissär trank den ›Kaffee mit‹ ebenso bedächtig, wie Feller das Brot und den Käse geschnitten hatte. »Feller«, sagte er, »ich bin ab morgen pensioniert, und als Pensionierter muß ich mein Hobby haben. Nun, mein Hobby ist, meine unerledigten Fälle zu besuchen.«

Feller schnappte sein Klappmesser wieder auf.

»Sie wollen Ihre unerledigten Fälle erledigen?«, fragte er ruhig. »Das würde ich bleiben lassen.«

Der Kommissär hielt ihm die leere Tasse hin.

»Besuchen, nicht erledigen«, sagte er. »Ich bin bloß neugierig, wie es ihnen geht.«

»Man weiß nie so recht, was Sie eigentlich wollen«, antwortete Feller, schenkte dem Kommissär Kaffee ein, goß aus der Chiantiflasche Kirsch dazu und griff wieder nach dem Klappmesser. »Sie sind ein kurioser Mann und reden kurios«, meinte er und schnitt beiden eine neue Portion Käse zurecht. »Ihre unerledigten Fälle besuchen! Ich bin keiner

Ihrer unerledigten Fälle. Ich weiß nicht, was Sie von mir wollen.«

»Mit dir einbrechen«, antwortete der Kommissär.

9

Feller schnappte das Klappmesser wieder zu und beteuerte, er habe noch nie eingebrochen.

Der Kommissär trank den Kaffee mit dem Kirsch. »Feller«, erklärte er ihm, »wir Kriminalisten befolgen eine bestimmte Regel, die zwar nicht gerade ein Gesetz ist, sondern mehr eine praktische Arbeitshypothese.«

»Mir zu hoch«, sagte Feller.

»Nun, wir nehmen an, daß jeder Verbrecher stets mit der gleichen Methode arbeitet«, erklärte der Kommissär geduldig.

»So, das meint ihr«, stellte Feller trocken fest, aß Brot und Käse und goß sich aus der Chiantiflasche wieder Kirsch in den Kaffee.

»Einen schönen roten Afghan hast du da im Korridor. Im Wohnzimmer liegen zwei Kirman, und ich wette, daß ich noch weitere Teppiche finden würde, einen Isfahan und einen Buchara«, sagte der Kommissär und goß sich ebenfalls Kirsch in den Kaffee.

»Sie können ja nachschauen«, sagte Feller.

»Ich glaube, das ist nicht nötig«, antwortete der Kommissär, »weil ich die Teppiche finden würde.«

»Das würden Sie«, sagte Feller und schnappte das Klappmesser wieder auf.

»Das würde ich«, bestätigte der Kommissär.

»Sie reden chinesisch«, sagte Feller.

»Der Teppich, der da als Schmuck an der Korridorwand hängt, ist chinesisch«, antwortete der Kommissär.

Feller hielt das Klappmesser immer noch aufgeschnappt in der rechten Hand.

»Sie glauben wohl, ich stehle Teppiche?«, fragte er und strahlte den Kommissär siegesbewußt an.

»Ich glaube, du stiehlst Geldschränke«, antwortete der Kommissär.

10

»Siehst du, Feller«, fuhr der Kommissär fort, und Feller saß ihm immer noch gegenüber am Küchentisch, unbeweglich vor seiner Kaffeetasse mit Kirsch darin und fast keinem Kaffee mehr, vor seinem Brot und vor seinem Käse. »Siehst du, Feller, es gibt eine Reihe von Fällen, die wir von der Kantonalpolizei nie aufgeklärt haben. In Zäziwil wurde aus einer Schokoladenfabrik ein Geldschrank geklaut, in Wildisbach aus dem Hause des Gemeindeschreibers, aus der Ersparniskasse in Maidorf bevor sie renoviert wurde, aus dem Büro einer Großsägerei in Hüttligen – nun, alles habe ich nicht mehr im Kopf.«

»Was soll das mit meinen Teppichen zu tun haben?«, fragte Feller und goß sich wieder Kirsch in die nun leere Kaffeetasse.

»Die Räume, aus denen die Geldschränke gestohlen wurden, waren die Privatbüros der Direktoren und lagen im zweiten Stock oder im Hochparterre«, erklärte der Kommissär.

»Na und?«, fragte Feller wieder und trank Schnaps.

»Schwer und solid«, ergänzte der Kommissär. »Es ist nicht leicht, einen Geldschrank in einem Büro aufzuknacken. Dazu gehören Fachmänner.«

»Ich bin kein Fachmann«, sagte Feller und trank weiter Kirsch.

»Eben«, sagte der Kommissär. »Deshalb wähltest du eine andere Methode.«

»Die wäre?« Langsam wurde Feller hellhörig.

Der Kommissär ließ sich nicht beirren. »Alle Gebäude, aus denen ein Geldschrank gestohlen wurde, lagen an einer Bahnlinie.«

Feller schüttelte den Kopf. »Zufall«, sagte er.

»Ich weiß nicht«, antwortete der Kommissär. »Wenn man nachts die Teppiche im Büro des Direktors auf einen Lastwagen ausbreiten und im Augenblick, wenn ein Güterzug vorüberfährt, den Kassenschrank durchs Fenster oder über den Balkon auf den Teppich kippen würde, ginge der Lärm beim Vorbeifahren des Güterzuges unter. Dann könnte man den Geldschrank irgendwo in einen Wald oder eine einsame Ebene fahren und dort ungestört öffnen.«

»Könnte man«, gab Feller zu und schloß die Chiantiflasche.

»Die Geldschränke wurden alle gefunden«, sagte der Kommissär, »alle an einsamen Stellen.«

»Beweisen Sie mal, daß ich etwas damit zu tun habe«, sagte Feller und betrachtete aufmerksam sein Klappmesser. »Das wird weder Ihnen noch der Kantonalpolizei gelingen.«

»Feller«, antwortete der Kommissär, »zu deinem Glück kennst du die moderne Kriminalistik nicht. Du würdest staunen, was die Fachleute alles herausbrächten, wenn sie deine Teppiche untersuchen würden, und außerdem wären noch die Bestohlenen da. Die würden deine Teppiche auch wiedererkennen.«

Feller schwieg.

»Kommissär«, sagte er endlich.

»Feller?«

»Seit wann wissen Sie, daß ich diese Teppiche besitze?«

Der Kommissär lachte. »Die ersten Einbrüche geschahen vor vier Jahren. Vor zwei Jahren, kurz vor meiner Erkrankung, bin ich einmal in diesem Wald sonntags herumgestrichen. Nun, da stöberte ich deinen Autofriedhof mitten im Wald auf, was ich reichlich seltsam fand. Mit Recht. Als ich zwei Tage später nachts zurückkehrte, sah ich dich mit einem Lastwagen abfahren und habe darauf das Haus durchsucht. Da fielen mir die Teppiche auf. Es waren bedeutend weniger, und Clair hattest du damals auch noch nicht im Haus.«

Der Kommissär schwieg. Feller starrte in seine leere Kaffeetasse, und dann meinte der Kommissär, in der gleichen Nacht sei in Konigen eingebrochen worden. In der Mohammedaner-Mission, an der Burgdorf–Thun-Bahn.

»Mohammedaner«, antwortete Feller, »heißt es, sind schwer zu bekehren.«

»Der Geldschrank der Mohammedaner-Mission wurde trotzdem gestohlen. Er wurde am Bach zwischen Oberdießbach und Kiesen aufgefunden.«

11

Ein Mann erschien in der Tür. Riesig. In einem schwarzen Ledermantel, der mit einem rot gefärbten Lammpelz gefüttert war. Er starrte den Kommissär verblüfft an und dann sagte er »Scheiße«.

»Guten Tag, Keller«, grüßte ihn der Kommissär. »Haben Sie was zu rauchen, Feller?«

Feller schob ihm eine Schachtel Brissagos hin und sagte: »Der Kommissär weiß alles.« Dann nahm er auch eine Brissago aus der Schachtel.

»Scheiße«, meinte Keller wieder.

»Dein Vokabular scheint ziemlich zusammengeschrumpft, Keller«, sagte der Kommissär, »damals in Thorberg war es anders.«

Keller grollte.

»Die vier Jahre Thorberg verdanke ich Ihnen.«

»Ein richtiger Verbrecher läßt sich nicht schnappen«, entgegnete der Kommissär trocken, nachdem er sich kunstgerecht die Brissago angezündet hatte. »Du bist nur ein kleiner Verbrecher.«

Keller höhnte. »Dann sind Sie wohl auch nur ein kleiner Kommissär.«

»Ein ganz kleiner«, antwortete der Kommissär.

»Ich weiß nicht«, sagte Feller.

Keller wurde nachdenklich.

»Gib mir einen Kirsch«, sagte er endlich.

»Lieber nicht«, gab der Kommissär zu bedenken. Keller habe heute noch zu fahren, worauf dieser zum dritten Mal sein Hauptvokabular gebrauchte.

Feller spielte mit seinem Klappmesser. Der Kommissär wolle mit ihnen einbrechen, er sei pensioniert.

»Erst von morgen an«, präzisierte der Kommissär.

Keller dachte nach und wurde argwöhnisch.

»Wir wären schön blöd, in diese Falle zu gehen«, sagte er dann.

Feller beschwichtigte ihn: »Niemand weiß, daß er hier ist.«

»Wer behauptet das?«, fragte Keller.

»Der Kommissär«, sagte Feller.

»Fein«, antwortete Keller, »dann ist die Angelegenheit erledigt«, und ließ ebenfalls ein Klappmesser aufschnappen.

»Blödsinn«, brummte Feller.

»Wer beweist uns, daß er die Wahrheit sagt?«, wollte Keller wissen.

Niemand antwortete.

Der Riese in seinem schwarzen Ledermantel dachte aufs neue minutenlang nach und brauchte ein viertes Mal sein Hauptvokabular. Dann hellte sich sein Gesicht plötzlich auf, und er erklärte, er habe eine Idee.

»Das befürchte ich schon lange«, sagte Feller.

»Wir brechen einfach nicht ein«, meinte Keller und war stolz auf seinen Einfall.

Feller seufzte: »Nehmen wir an, der Kommissär habe uns angelogen, und die ganze Polizei wisse, daß er bei uns sitzt, sind wir verloren, ob wir nun einbrechen oder nicht, denn der Kommissär besitzt die Beweise, daß wir Kassenschränke gestohlen haben. Aber ich glaube nicht, daß der Kommissär lügt, weil er die Beweise schon seit zwei Jahren besitzt.«

»Dann legen wir ihn also doch um?«, fragte Keller verwirrt.

»Du bist nicht der Hellste«, stellte Feller fest und stach sein Klappmesser in die Tischplatte, so daß es senkrecht stehen blieb.

»Wenn er uns trotzdem angelogen hat, haben wir zu unseren Einbrüchen noch einen Mord auf dem Kerbholz und werden lebenslänglich eingelocht. Es bleibt uns nichts anderes übrig, als den Kommissär zu unserem Einbruch heute nacht mitzunehmen.«

Keller wandte zum fünften Mal sein Hauptvokabular an.

Dann nahm er sich auch eine Brissago.

12

Gegen halb acht schöpften sie aus einem Topf Fleischsuppe mit Lauch, Rüben, Kohl, Sellerie, Zwiebeln, Knoblauch und Lorbeer, zerschnitten das Suppenfleisch. Jeder aß schweigend. Dazu tranken der Kommissär und Feller aus der Chiantiflasche Kirsch. Keller durfte nicht.

»Die Nacht wird kalt«, sagte Feller.

Gegen halb zwölf kam Clair. Sie legte ihren Persianer ab.

»Der stammt von Utzenstein«, sagte der Kommissär. »Die Privatsekretärin des Direktors ließ ihn im Büro neben dem Kassenschrank hängen.«

»Weil sie nebenan mit ihrem Chef schlief«, antwortete Feller.

Der Kommissär steckte sich eine neue Brissago kunstgerecht in Brand.

»Geht ihr heute nacht?«, fragte Clair.

Feller erhob sich. »Jetzt.«

Clair antwortete nichts.

Die drei Männer verließen die Küche und traten vor das Haus. Draußen hatte es wieder geschneit.

»Wir fahren vor«, sagte Feller.

Feller und Keller verschwanden zwischen den schwarzen Ungetümen des Autofriedhofs. Es war eine helle Nacht mit einem fast vollen Mond, der zwischen den Tannen hindurch funkelte. Der Kommissär betrachtete den Himmel, den Großen Bären und den Kleinen Bären, und war zufrieden, daß er das Reiterlein erkannte, doch kam es ihm vor, als ob er das schwache Sternlein besser sah als sonst. Er werde langsam weitsichtig, dachte er.

Ein Lastwagen kam geräuschlos angefahren. Ohne Licht. Er schien groß wie ein Möbelwagen zu sein. Die Haustür öffnete sich, und der Kommissär spürte den Atem Clairs. Dann schloß sich die Tür wieder.

Einer sprang aus dem Führerstand. Es war Keller.

»Einsteigen!«, befahl er.

Der Kommissär gehorchte. Im Führerstand saß er zwischen Feller und Keller.

Sie fuhren durch den Wald, langsam, ohne Licht, von irgendwoher schlug es zwölf.

»Jetzt bin ich pensioniert«, stellte der Kommissär befriedigt fest.

Sie hielten an. Feller und Keller stiegen aus, der Kommissär aus Neugierde auch, obwohl er versehentlich bis zu den Knien in einen Schneewall versank, der sich auf beiden Seiten des Waldweges häufte. Feller und Keller hantierten am Wagen, nahmen dunkle, aus Sackleinwand verfertigte Decken von den Wagenwänden und der Wagendecke. Der Lastwagen sah nun wie ein weißer Möbelwagen aus, der das Mondlicht widerspiegelte, wenigstens kam es dem Kommissär so vor.

»Was habt ihr gemacht?«, fragte er.

»Der Wagen ist nun weiß lackiert«, bestätigte Feller die Vermutung des Kommissärs.

»Mit einer großen Aufschrift ›Möbeltransport AG‹.«

»Wozu?«, fragte der Kommissär.

»Um aufzufallen«, antwortete Feller. »Darum wählen wir auch das Mondlicht für unsere Fahrten. Jeder soll uns sehen.«

Der Kommissär lachte. »Schlau.«

Sie fuhren vom Waldweg mit voll eingeschalteten Scheinwerfern auf einer Landstraße, verließen den Wald, durchfuhren einige Dörfer und kamen nach Bern, das sie über die neue Aarebrücke durchfuhren. Am Ende der Brücke stand ein Polizeiwagen mit Locher von der Stadtpolizei. Sonst waren nur wenige Menschen zu sehen, es ging schon gegen halb eins. Locher hielt sie an. Feller stoppte.

»Stadtlicht einschalten!«, befahl Locher.

»Entschuldigen Sie«, sagte Feller.

»Weiterfahren!«, befahl Locher.

Sie fuhren weiter. »Kannten Sie den Tschugger?«, fragte Feller wie beiläufig.

»Einer von der Stadtpolizei, mit dem ich hin und wieder jasse«, antwortete der Kommissär trocken.

»Glück gehabt«, meinte Keller, »er hat Sie nicht erkannt.«

»Um so weniger hätte er Verdacht gefaßt«, sagte der Kommissär.

»Und hat er nun Verdacht gefaßt?«, fragte Feller und hielt bei einem Stopp.

»Nein«, stellte der Kommissär fest, »Locher ist zu harmlos, um sich eine falsche Wagennummer zu merken.«

»Woran soll er das merken?« Feller überquerte eine Kreuzung.

»Weil ihr an eurem Möbelwagen das Nummernschild des Solothurner Polizeiinspektors montiert habt«, sagte der Kommissär.

»Teufel«, brummte Keller.

»Du Trottel!«, fluchte Feller. »Du hast diese Nummer gestohlen.«

»Na ja«, meinte der Kommissär, »so was merkt eben nur ein erfahrener Tschugger.«

Sie fuhren durch Bethlehem. Der Kommissär war neugierig, ob es gegen Murten–Lausanne oder Kerzers–Ins–Neuchâtel ging. Nach Gümmenen bogen sie in die Straße nach Neuchâtel ein. Nach Ins fuhren sie in Richtung der Strafanstalt Witzwil, hielten kurz vor der Strafanstalt an einem Waldrand an, parkten.

»Hier ist es am sichersten«, erklärte Feller.

»Glaube ich auch«, bestätigte der Kommissär.

»Leuchte mal!«, befahl Feller, und Keller hielt eine Taschenlampe, während Feller ein neues Nummernschild montierte.

»Ist das ein besseres?«, fragte er den Kommissär.

»Minim«, antwortete der, »das Nummernschild gehört dem Freiburger Staatsanwalt.«

Feller fluchte, und einen Moment lang schien er Keller verprügeln zu wollen. Dann begannen Feller und Keller das Dach und die Seitenwände des Möbelwagens abzumontieren. »Würden Sie uns dabei etwas leuchten?«, fragten sie den Kommissär.

»Gerne«, antwortete dieser und hielt die Taschenlampe.

Der Wagen verwandelte sich vollständig. Er hatte nun niedere Seitenwände. Und der Kommissär bemerkte, daß das Innere dick mit Stroh ausgelegt worden war.

»Wir gehen eben raffiniert vor«, meinte Feller stolz. Dann fuhren sie an der Strafanstalt Witzwil vorbei.

»Da habe ich neun Monate am Gemüseanbau mitgearbeitet«, bemerkte Keller, auch nicht ohne Stolz. »Ich war ein ganz guter Gärtner.«

Der Kommissär nickte. »Das Gemüse in der Polizeikantine stammte auch immer von hier.«

Bei Gampelen bogen sie wieder in die Straße nach Neuchâtel ein.

Es war kurz vor drei.

»Um vier Uhr fünf kommt der Güterzug«, sagte Feller.

Sie fuhren durch Saint-Blaise und hielten nach dieser Ortschaft bei einer Garage. Unmittelbar nach der Garage führte eine Eisenbahnbrücke über die breite Einfahrtstraße nach Neuchâtel. Die Garage war dunkel, auch die Shell-Lichtreklame war außer Betrieb. Feller lenkte den Wagen vorsichtig um die Garage herum in den Hinterhof. Er hielt unter einem Balkon. »Beim Balkon befindet sich das Büro«, erklärte er, »klettern wir hinauf.«

Sie kletterten vom Lastwagen auf den Balkon. Keller hatte einen Glasschneider bei sich.

»Damit schneide ich einen Kreis in die Fensterscheibe«, erklärte er fachmännisch.

Der Kommissär öffnete die Balkontür. »Dilettantisch«, meinte er, »zuerst untersucht man, ob die Balkontür überhaupt geschlossen ist. Es ist dir schon zweimal passiert, Keller, daß du ein Fenster aufgeschnitten hast, obgleich die Tür unverschlossen gewesen ist.«

Das habe er immer gesagt, tobte Feller. Keller bleibe ein absoluter Anfänger.

Ein Hund begann im Haus, das an die Garage angebaut war, und in dem offenbar der Garagist wohnte, zu bellen.

»Seht«, sagte der Kommissär, »ihr redet beide zu laut.«

»Wir hauen ab«, schlug Feller flüsternd vor.

»Unsinn«, sagte der Kommissär.

»Jemand könnte aufstehen und nachsehen«, flüsterte Keller, und der Kommissär spürte, wie der Kriminelle vor Furcht zitterte.

»Nach drei Uhr steht niemand so leicht auf«, beruhigte der Kommissär die beiden und betrat das Büro.

Feller und Keller waren wieder mutig geworden. Sie hoben ein Gerät, das wie ein zweirädriger Lastträgerwagen aussah, vorsichtig vom Wagen auf den Balkon hinauf, dessen Geländer aus Eisenstangen bestand.

»Kein Problem«, flüsterte Feller, »die sind stabil. Leuchten Sie bitte!«

Der Kommissär leuchtete mit der Taschenlampe.

Feller und Keller rollten im Büro den Teppich zusammen.

Es war ein roter Kokosteppich.

»Solche habe ich viele«, meinte Feller.

»Ihr stehlt ja auch nicht Teppiche«, sagte der Kommissär und leuchtete mit der Taschenlampe.

Feller und Keller breiteten den Teppich auf dem Stroh des Lastwagens aus. Der Kommissär war allein im Büro und schaute sich mit der Taschenlampe um. Neben dem Tresor war eine Tür. An der Tür hing ein grauer Arbeitsmantel.

Etwas später erkletterten Feller und Keller aufs neue den Balkon.

»Jetzt kommt der Tresor dran«, sagte Feller.

Feller und Keller schoben ihr Spezialgerät an den Tresor, der an der Wand neben der Tür stand, hantierten, hebelten und rollten dann den Tresor auf den Balkon. Dort hebelten sie den Tresor in die Höhe, bis er weit über das Eisengeländer hinausragte.

»Eine geniale Konstruktion«, sagte Feller, »von mir erfunden.«

»In zwanzig Minuten kommt der Zug«, sagte Keller.

»Warten muß man bei unserem Metier können«, stellte Feller lakonisch fest.

Die drei standen auf dem Balkon und warteten.

Es war bitter kalt.

Sie froren jämmerlich.

Der Mond war untergegangen. Die Sterne waren wie gestochen.

»Wenn man nur rauchen dürfte«, jammerte Keller.

»Maul halten!«, zischte Feller.

Endlich kam ein endloser Güterzug, donnerte über die Brücke.

Feller und Keller ließen den Tresor über den Balkon auf den Lastwagen hinunterkippen, kletterten dann mit dem Kommissär hinunter. Als sie starteten, rollte der Güterzug noch immer über die Brücke.

Sie fuhren über Ins, Finsterhennen, Sisselen und ins Große Moos hinein.

Beim Kanal bogen sie in die Gebüsche und machten sich mit Hammer und Brecheisen an die Arbeit.

Der Kommissär leuchtete ihnen mit der Taschenlampe.

Um zwanzig vor fünf war der Tresor geöffnet. Er enthielt Geschäftspapiere und fünfundzwanzig Franken.

13

Gegen halb sieben morgens kehrten sie zu Fellers Autofriedhof zurück. Der Wagen sah jetzt wie ein grüner Lieferwagen aus.

Clair erwartete sie. Sie hatte heißen Milchkaffee vorbereitet, Spiegeleier, Brot und Käse.

»Fünfundzwanzig Franken haben wir erbeutet«, sagte Feller, dann schwieg er, und die anderen schwiegen auch, tranken und aßen.

»Nun?«, fragte Feller.

Der Kommissär schlürfte heißen Milchkaffee.

»Das mit den Nummernschildern will ich vergessen und auch daß Keller ein Fenster aufschneiden wollte, obgleich die Tür unverschlossen war. Vergeben und vergessen. Eine andere Sache ist die Methode, die ihr bei eurem Vorgehen anwendet. Zu kompliziert. Das ständige Verändern der Wagenkarosserie unnütz. Ich habe mich oft gefragt, warum in der Regel so umständlich gearbeitet wird. Weil keine wirklichen Profis am Werke sind. Wirkliche Profis arbeiten einfach. Sie wissen genau, daß der Polizei zu wenig Leute und vor allem zu wenig geschulte Leute zur Verfügung stehen, um gegen wirkliche Profis erfolgreich vorgehen zu können. Wenn die Polizei einen wirklichen Profi fängt, ist es Glückssache, läßt ein wirklicher Profi sich fangen, hat er Pech gehabt. Alles in allem, Feller und Keller, ihr seid kriminalistisch gesehen Amateure.«

»Das ist hart«, sagte Feller. »Diese Kritik schlucke ich nicht ohne weiteres.«

»Verdienst du mehr von deinem Autofriedhof oder von deinen Einbrüchen?«

»Vom Autofriedhof«, sagte Feller.

»Wieviel mehr?«, fragte der Kommissär.

»Viel mehr«, antwortete Feller kleinlaut.

»Das glaube ich dir«, sagte der Kommissär.

»Die Zeiten sind einfach mies«, erklärte Keller.

»Die Rezession macht sich eben auch bei unsereiner bemerkbar«, klagte Feller. »Einerseits haben die Kunden kein Geld, andererseits müssen wir verdammt aufpassen, nicht als Terroristen abgestempelt zu werden.«

»Diese Saubande bringt noch die ganze ehrliche Kriminalität in Verruf«, fluchte Keller.

»Von den Rauschgifthändlern gar nicht zu reden«, beschwerte sich Feller. »Woher stammen denn die Leute? Aus lauter bürgerlichen Kreisen. Auch die Terroristen. Nein, Kommissär, daß wir keine Profis sind, nehme ich Ihnen nicht ab. Das müssen Sie zurücknehmen.«

»Ich weiß nicht, Feller«, sagte der Kommissär. »Neben dem Tresor hing ein Arbeitsmantel an der Tür.«

»Und?«, fragte Feller ahnungslos.

»Ich hab ihn durchsucht«, gestand der Kommissär. »In

seiner rechten Seitentasche befanden sich achtundzwanzigtausend Franken.«

»Verflixt«, sagte Feller.

»Irgendwie tut ihr beide mir wirklich leid«, sagte der Kommissär und schlürfte seinen Milchkaffee aus. »Und ich mir auch. Achtundzwanzigtausend. Soviel würde ein neuer Impala kosten.«

14

Nach dem Frühstück wurde der Kommissär müde. Er wollte eigentlich in die Stadt zurück, aber als Feller ihn in ein einfaches Zimmer führte, verschob er die Abreise auf den Mittag. Er schaute sich im Zimmer um. Die Fensterläden waren geschlossen, und über dem Bett hing an der Holzwand der Farbdruck eines Ankerbildes. Der Kommissär zog die Schuhe aus und den Rock, legte sich auf die Bettdecke und schlief sofort ein. Später träumte er, jemand stehe neben seinem Bett und beobachtete ihn, und wie er erwachte, stand Clair neben seinem Bett.

»Was wollen Sie hier, Clair?«, fragte der Kommissär.

»Sie liegen auf meinem Bett«, antwortete Clair und blickte ruhig auf den Kommissär nieder, der erst jetzt bemerkte, daß sie im Nachthemd vor ihm stand.

»Wieviel Uhr ist es denn?«, fragte der Kommissär, noch zu müde, um nach seiner Armbanduhr zu schauen. Er blickte nur nach dem Fenster. Aber die Läden waren immer noch geschlossen.

»Mitternacht«, sagte Clair.

»Na ja«, antwortete der Kommissär, »kaum bin ich pensioniert, verschlafe ich meinen ersten Tag.«

»Einbrechen ermüdet«, stellte Clair fest.

»Ich bin ein alter Mann«, sagte der Kommissär und blieb liegen. Er war immer noch müde. »Feller?«, fragte er.

»Er säuft mit Keller in der Küche«, sagte sie. »Fünfundzwanzig Franken sind wenig.«

Der Kommissär blieb immer noch liegen. »Es ist Zeit aufzubrechen«, sagte er, »ich muß meinen alten Impala wiederfinden.«

»Draußen regnet es jetzt«, sagte Clair, »das Wetter hat umgeschlagen.«

Der Kommissär lauschte. »Es stimmt, es regnet«, stellte er fest, und dann sagte er: »Nässe schadet mir nichts«, blieb jedoch immer noch liegen. »Mich friert's etwas.«

»Mich friert's auch etwas«, sagte Clair. »Wenn Sie sich ausziehen und unter die Decke kriechen, kann ich mich zu Ihnen legen.«

»Hat Sie Feller geschickt, Clair?« fragte der Kommissär.

»Nein«, antwortete Clair, »was ich mache, geht ihn nichts an. Er hat seine fünfundzwanzig Franken und seinen Kirsch.«

Der Kommissär betrachtete Clair nachdenklich, die schlank in ihrem weißen Nachthemd und mit ihren sommersprossigen Armen vor ihm stand.

»Ich habe lange keine Frau mehr gehabt«, sagte er.

»Dann brauchen Sie diese Nacht eine«, sagte Clair. »Sie waren anständig zu mir und haben verhindert, daß man mich in Hindelbank einlochte. Es ist Zeit, daß ich einmal anständig zu Ihnen bin.«

15

Als der Kommissär am nächsten Morgen gegen elf zufrieden in seine Wohnung in der Gesellschaftsstraße zurückkehrte (es goß in Strömen), fand er in seinem Arbeitszimmer im alten Ledersofa den Kunstmaler Basil Feuz in tiefem Schlafe vor, offenbar betrunken, ein Eindruck, der sich drastisch verstärkte, als der Kommissär in die Küche und ins Bad ging. Dem Kommissär blieb nichts anderes übrig, als Frau Gwander vom unteren Stock heraufzubitten, obwohl es Sonntag war und dazu noch der erste Advent.

»Das kommt davon, Herr Doktor«, wetterte sie, »daß Sie nie die Wohnungstüre abschließen. Ein Wunder, daß bei Ihnen noch nie eingebrochen [worden] ist. Aber bei der Polizei bricht man offenbar nie ein.«

Er sei nicht mehr bei der Polizei und er liebe es nicht, mit ›Doktor‹ angeredet zu werden, das wisse sie ganz genau, antwortete der Kommissär, der nebenan im Schlafzimmer die Kleider wechselte.

Im Arbeitszimmer klingelte das Telefon.

Der Kommissär hatte dicke rote Socken angezogen. Er haßte Schuhe. Zu Hause lief er winters in Socken umher und sommers mit bloßen Füßen. Er ging hinüber. Es war Wanzenried. »Kommen Sie sofort in mein Büro«, kommandierte er.

»Ich bin erstens pensioniert«, antwortete der Kommissär, »und zweitens ist es Sonntag.«

Frau Gwander hantierte immer noch mit dem Kübel, dem Aufwaschtuch und dem Besen im Badezimmer herum.

Basil Feuz versuchte, sich aus dem Sofa zu erheben und fiel auf die Knie.

»Wo bin ich?«, fragte er mühsam.

»Bei mir«, antwortete der Kommissär.

»Ich habe Witwen gemalt. Ein Riesenbild mit Hunderten von Witwen«, verkündete Basil Feuz. »Mein Hauptwerk. Witwen regieren die Welt. Reiche Witwen, fröhliche Witwen, gierige Witwen, schwangere Witwen.«

Dann stutzte er. »Warum bin ich hier?«

»Keine Ahnung«, sagte der Kommissär.

»Seit wann?«, wollte Feuz wissen.

»Auch keine Ahnung«, sagte der Kommissär.

»Du hättest nie Kriminalist werden sollen«, meinte Feuz.

»Das sehe ich ein«, gab der Kommissär zu.

»Wahrscheinlich habe ich mein Witwenbild gefeiert«, überlegte Basil Feuz.

»Wahrscheinlich«, nickte der Kommissär.

»Wir haben uns kennengelernt, als ich eines Nachts um drei den Kindlifresserbrunnen bestiegen und die Statue angepinkelt habe«, erinnerte sich Basil Feuz.

Der Kommissär nickte: »Ich weiß.«

Der Kommissär habe ihn nicht angezeigt, sagte Basil Feuz dankbar.

Es sei auch nicht seine Aufgabe gewesen, meinte der Kommissär, er sei nicht von der Stadtpolizei.

»Es war mein Recht, die Statue anzupinkeln«, erklärte Basil Feuz. »Es war nicht nur mein Recht, es war auch meine Pflicht. Ich bin gegen die Kinderfresserei.«

Der Kindlifresserbrunnen sei ein antisemitisches Denkmal, sagte der Kommissär.

»Wer weiß das schon noch«, begehrte Basil Feuz auf. »Egal, was es einmal gewesen ist, es regt die Menschen zum Kinderfressen an, und dabei steht die Statue heute unter Denkmalschutz.«

Er schlief wieder ein, diesmal auf dem Spannteppich. Das Telefon läutete zum zweiten Mal. Noch einmal Wanzenried. »Würden Sie bitte sofort auf mein Büro kommen«, sagte er höflicher.

»Ich bin pensioniert«, wiederholte der Kommissär und hängte wieder auf. Der Kunstmaler erwachte aufs neue.

»Mein Verhältnis zu einer Dreizehnjährigen hast du auch nicht angezeigt«, sagte er.

»Nicht nur deinetwegen«, antwortete der Kommissär ruhig.

»Die Göre hatte mich verführt.«

»Ich weiß.«

»Sie hat noch andere verführt.«

»Ich weiß.«

»Die halbe Stadt.«

»Etwas übertrieben«, sagte der Kommissär.

Feuz schnarchte wieder. Diesmal im Fauteuil bei der Zentralheizung. Der Kommissär nahm auf dem Ledersofa Platz, dankte Frau Gwander, die immer noch verärgert mit Kübel, Abwaschtuch und Besen aus dem Bade kam und sich entfernte, zündete sich eine kleine schmale Havanna an und studierte den ›Blick‹, den er unterwegs gekauft hatte. Auf der ersten Seite wurde vom Einbruch in der Garage zwischen Saint-Blaise und Neuchâtel berichtet.

Wanzenried, Regierungsrat Gümmliger und Rüfenacht betraten das Wohnzimmer, in nassen Regenmänteln.

»Wir haben geläutet«, erklärte Wanzenried.

Der Kommissär sah nicht auf. »Die Klingel funktioniert nicht«, antwortete er.

»Deshalb sind wir denn auch eingetreten«, meinte Gümmliger.

»Grüß dich, Rüfenacht«, sagte der Kommissär. Rüfenacht war sein Nachfolger.

Dann las er den Artikel im ›Blick‹ zu Ende.

»Großartig, dieser Einbruch!« meinte er. »Pech, daß die Einbrecher die achtundzwanzigtausend im Arbeitsmantel übersehen haben. Aber im großen und ganzen verdienen sie kriminalistisch gesehen unseren Respekt.«

Die drei schwiegen, warteten auf die Aufforderung, sich setzen zu dürfen, doch der Kommissär rührte sich nicht.

Regierungsrat Gümmliger räusperte sich. »Kommissär«, begann er endlich, »wir kommen in einer außerordentlich ernsten Angelegenheit. Da spielt es jetzt keine Rolle, was diese

Einbrecher in Neuenburg gestohlen und nicht gestohlen haben.«

»Ich bin pensioniert«, sagte der Kommissär.

»Sicher«, antwortete Gümmliger, »trotzdem müssen wir mit Ihnen reden.«

»Reden Sie«, sagte der Kommissär.

»Unter uns«, entgegnete Wanzenried mit einem Seitenblick auf den schlafenden Kunstmaler im Fauteuil bei der Zentralheizung.

»Wer schnarcht, hört nicht zu«, sagte der Kommissär.

»Wir müssen trotzdem darauf bestehen.«

Der Kommissär weckte den Kunstmaler auf. »Du mußt gehen, Feuz«, erklärte er, »ich hab Staatsbesuch erhalten.«

Basil Feuz glotzte die Besucher verständnislos an, erhob sich endlich von seinem Fauteuil, fiel beinahe noch einmal hin, sang: ›Wer sinkt, der sinkt halt tief‹, sagte, er sei eines Nachts um zwei auf den Kindlifresserbrunnen gestiegen und habe die Statue angepinkelt, wankte hinaus und schmetterte die Wohnungstür zu.

»Endlich!«, sagte Wanzenried.

Die drei setzten sich in die Fauteuils, die dem Ledersofa gegenüberstanden. Zwischen ihnen und dem Sofa befand sich ein Glastisch.

Rüfenacht zückte das Notizbüchlein. »Er hat den Kindlifresserbrunnen –«, sagte er, »das will ich mir notieren.«

»Du willst ihn anzeigen?«, fragte der Kommissär und runzelte die Stirn.

»Der Kindlifresserbrunnen steht unter Denkmalschutz«, kam Wanzenried Rüfenacht zu Hilfe.

»Wir sind nicht deshalb gekommen«, unterbrach ihn Regierungsrat Gümmliger ungeduldig.

Rüfenacht steckte sein Notizbüchlein erschrocken wieder ein.

»Nun?«, fragte der Kommissär.

»Rüfenacht, geben Sie ihm die Fotokopie«, befahl Gümmliger.

Rüfenacht gehorchte. Der Kommissär warf einen kurzen Blick darauf und legte die Fotokopie auf den Glastisch.

»Wer hat sie hergestellt?« fragte er.

»Rüfenacht«, antwortete Wanzenried.

»Geheim«, stellte der Kommissär fest.

»Seine Pflicht«, antwortete Gümmliger.

»Aha«, sagte der Kommissär.

»Wo ist das Original?«, fragte Gümmliger.

»Vernichtet«, sagte der Kommissär.

»Ohne mich von seinem Inhalt zu informieren«, stellte Wanzenried verbittert fest.

»Ohne«, gab der Kommissär zu.

»Ich bin erschüttert«, sagte Regierungsrat Gümmliger.

Die drei blickten düster vor sich hin.

»Die Moral ist die Grundlage unseres Staates«, erklärte Gümmliger.

»Offenbar«, sagte der Kommissär.

»Zum Glück war Rüfenacht da«, stellte Wanzenried fest.

»Leider«, sagte der Kommissär.

Schweigen. Vom unteren Stockwerk herauf hörte man Frau Gwanders Grammophon spielen. Die Jupiter-Sinfonie.

»Kommissär«, fuhr Gümmliger endlich fort, »aus dieser Fotokopie eines Verhörs mit einem italienischen Gastarbeiter, das Sie geführt haben, geht hervor, daß dieser junge Mann homosexuelle Beziehungen mit Herrn Regierungsrat Ronald von Rubigen gehabt hatte.«

»Und?«

»Diese Entdeckung haben Sie unterschlagen.«

»Von Rubigen ist unser bester Regierungsrat«, sagte der Kommissär.

»War unser bester Regierungsrat«, korrigierte Regierungsrat Gümmliger.

Der Kommissär schwieg, faltete den ›Blick‹ zusammen, steckte sich eine neue kleine Havanna an.

»Was soll das heißen?«, fragte er endlich.

»Regierungsrat Ronald von Rubigen hat heute demissioniert«, antwortete Gümmliger ruhig, »sein Fall kommt morgen vors Parlament.«

Der Kommissär rauchte.

Die drei erhoben sich.

»Geben Sie uns die Fotokopie wieder zurück«, verlangte Wanzenried.

Der Kommissär schob ihnen die Fotokopie zu. Gümmliger nahm sie zu sich.

Die drei gingen.

»Herr Regierungsrat Gümmliger«, sagte der Kommissär ruhig.

Der Regierungsrat blieb verblüfft stehen.

»Ich möchte Sie allein sprechen«, erklärte der Kommissär trocken.

Wanzenried und Rüfenacht verschwanden.

»Nun, Kommissär«, sagte der Regierungsrat kühl, »haben Sie noch weitere Dokumente verschwinden lassen?«

»Sicher.«

Es sei am besten, der Kommissär lege ein volles Geständnis ab, meinte der Regierungsrat und setzte sich väterlich wieder auf den Fauteuil dem Kommissär gegenüber.

»Feuz hat die Kindlifresserstatue wirklich angepinkelt«, sagte der Kommissär.

Der Regierungsrat schaute ihn überrascht an. »Deshalb wollten Sie mich sprechen?«

»Deshalb«, nickte der Kommissär.

Der Regierungsrat wunderte sich. »Na, und? Man wird ihm ein Strafmandat schicken.«

»Das wird man nicht«, sagte der Kommissär.

»Die Zeiten haben sich geändert, Kommissär«, stellte der Regierungsrat erhaben fest. »Sie sind nicht mehr im Amt.«

Der Kommissär schwieg, betrachtete den Regierungsrat. Dann legte er die Havanna auf den Aschenbecher.

Der Kunstmaler habe noch mehr auf dem Gewissen, sagte er endlich. »Basil Feuz hatte ein Verhältnis mit einer Dreizehnjährigen.«

»Unerhört«, regte sich Gümmliger auf, »Menschenskind, Kommissär, auch das haben Sie unterschlagen. Das kann sich auf Ihre Pensionierung ungünstig auswirken. Wir müssen eine Kommission zusammenrufen und Ihren Fall untersuchen.«

»Menschenskind«, antwortete der Kommissär ruhig, »die Dreizehnjährige ist die Tochter eines Nationalrats, der jetzt auch noch Regierungsrat und Vorsteher des Polizeidepartements geworden ist.«

Regierungsrat Gümmliger erhob sich langsam.

»Meine Tochter?«, stammelte er.

»Sie ist jetzt fünfzehn«, sagte der Kommissär ruhig. »Sie trieb es auch mit Wanzenried.«

Der Regierungsrat starrte vor sich hin.

»Auch mit Wanzenried?«, flüsterte er.

»Sie sollten auf Ihre Tochter vielleicht doch etwas besser aufpassen«, schlug der Kommissär vor.

»Was werden Sie tun?«, fragte der Regierungsrat.

»Fürchten Sie nichts«, sagte der Kommissär. »Rüfenacht weiß nichts, und es existiert keine Fotokopie. Der Fall Ihrer Tochter kommt nicht vors Parlament.«

»Ich danke Ihnen«, murmelte der Regierungsrat.

»Bitte«, antwortete der Kommissär.

»Der Fall von Rubigen tut mir leid«, sagte der Regierungsrat.

»Daran können wir nun nichts mehr ändern«, stellte der Kommissär erbittert fest.

»Nein«, sagte der Regierungsrat, »das Parlament –«

Das Gerücht gehe um, sagte der Kommissär, Bundesrat Krähenbühl würde Ende Jahres zurücktreten.

»Na ja«, antwortete der Regierungsrat verlegen.

Von Rubigen wäre dann sein Nachfolger geworden.

»Na ja«, antwortete der Regierungsrat wieder.

»Nun werden Sie eben Krähenbühls Nachfolger«, stellte der Kommissär fest.

Regierungsrat Gümmliger antwortete nichts mehr.

»Wissen Sie was?«, sagte der Kommissär, »ich klettere nächstens auf den Gerechtigkeitsbrunnen und pinkle die Statue der Gerechtigkeit an.«

Der Regierungsrat ging grußlos hinaus.

16

Der Kommissär liebte es, am Sonntag zu Hause zu speisen. Weil er nichts hatte einkaufen können, schlug er zwei Eier in die Pfanne, aß Brot dazu und trank ein Glas eines weißen trockenen Bordeaux', den er in Literflaschen als ›Kochwein‹ aufgetrieben hatte.

Um zwei verließ er die Wohnung. Am Impala war ein Strafzettel zwischen dem Wischer und der Windschutzscheibe eingeklemmt.

In der Tür des kleinen Vorgartens stand sein Nachbar. Der Arzt war breit und untersetzt, und seine Koteletten hatten sich allmählich zu einem Backenbart ausgebildet.

»Daß die Gerechtigkeit Sie erreicht«, sagte der Arzt erleichtert, »darauf habe ich jahrelang gewartet.«

»Erster Advent«, antwortete der Kommissär und knüllte den Strafzettel zusammen, »kaum ist unsereiner pensioniert, schwimmen ihm die Privilegien davon.«

Er fuhr in die Laubeckstraße.

Er klingelte an der Gartentür. Eine Frauenstimme fragte in der Sprechanlage, wer da sein, und er nannte seinen Namen. Die Gartentür summte, er öffnete sie und ging durch den sorgfältig aufgeräumten Garten auf die Villa zu. Frau von Rubigen stand in der Haustür und erwartete ihn.

Der Kommissär wolle sicher zu ihrem Mann, sagte sie, aber dieser sei auf dem Chaumont in ihrem Ferienhaus. Morgen sei eine wichtige Sitzung des Großen Rats, ihr Mann müsse sich vorbereiten. Und dann fragte sie, ob der Kommissär Kaffee wünsche.

Das sei nett, sagte der Kommissär, gerne nehme er etwas Kaffee, das sei nett von Frau Regierungsrat, ihn einzuladen.

Sie führte ihn durch das Eßzimmer in den Salon, und sie nahmen an einem kleinen Tisch vor dem Kamin Platz. Sie saßen beide in bequemen mit weißem Chintz bespannten Sesseln. Erst jetzt bemerkte der Kommissär den riesigen Neufundländer, der in der Ecke beim Fenster schlief.

»Das erste Mal, daß Richard Bodo nicht auf den Chaumont mitgenommen hat«, erklärte Frau von Rubigen, während sie den Kaffee servierte. »Der Hund ist so gern auf dem Chaumont, aber mein Mann will dort übernachten und dann gleich in die Sitzung fahren.«

Dann komme ihr Mann heute also nicht heim, stellte der Kommissär nachdenklich fest.

»Er kommt sonst immer heim, geht er allein«, antwortete die Frau Regierungsrat, »schon Bodos wegen, oder er hat früher auch die Kinder mitgenommen, aber jetzt, wo sie alle ins Gymnasium gehen – Sie wissen ja, wie das ist –, die Kinder haben alle ihre Freunde –«

Frau von Rubigen schenkte dem Kommissär wieder Kaffee ein, dann sich. »Wünschen Sie einen Kognak, einen Kirsch, einen Marc?« fragte sie. »Ich habe ganz vergessen, Sie zu fragen.«

»Einen Marc«, antwortete der Kommissär düster.

Die Frau Regierungsrat erhob sich, ging zum Buffet, kam mit einer Flasche und einem Glas wieder.

»Soll Robert oder soll er nicht?«, fragte sie und schenkte ein.

Der Kommissär überlegte.

»Will man ihn zum Präsidenten der Partei vorschlagen?«, fragte er.

»Letzten Montag«, sagte Frau von Rubigen, »hat der Vorstand beschlossen, ihn am Parteitag vorzuschlagen. Robert hat gedacht, man würde Gümmliger vorschlagen.«

»Vom Vorsteher der Polizeidirektion läßt man am besten die Finger«, sagte der Kommissär. »Der Parteipräsident wird der nächste Bundesrat, und niemand weiß, ob der Nationalrat Gümmliger schlucken würde. Ihren Mann würde man schlucken, Frau Regierungsrat. Wann ist er denn auf den Chaumont gefahren?«, fragte er dann.

»Schon um acht«, sagte Frau von Rubigen. »Ich habe noch geschlafen. Ich habe auch geschlafen, als er gestern heimgekommen ist, bis eins habe ich auf ihn gewartet, und heute habe ich einen Brief gefunden, einen sehr lieben persönlichen Brief, und am Schluß des Briefes hat er geschrieben, daß er nun auf den Chaumont müsse und erst morgen wiederkomme.

Der Kommissär leerte sein Glas Marc, sagte, daß es sehr lieb von Frau Regierungsrat gewesen sei, ihn einzuladen, und er müsse nun gehen.

Faksimile
des Manuskripts

1

Am letzten Nachmittag seines Dienstes, bevor er pensioniert wurde, brachte Stucki noch Tino zu ihm, einen Verlausten.

Tino sah ziemlich mitgenommen aus. Der Komissär schickte Stucki hinaus.

'Warum hat dich Stucki festgenommen', fragte der Komissär den Rocker. Der strich sich über seinen Schnurrbart, spuckte Blut und antwortete: 'Wegen Landstreicherei.'

'Kein Geld mehr?'

'Nur noch vier Stutz fünfzig' sagte Tino und spuckte wieder Blut. 'Zehn Stutz brauchte ich für Benzin'.

Der Komissär gab ihm fünfzig Franken und wollte wissen, ob ihn Stucki verprügelt habe.

'Und wie', sagte Tino.

'Allein?' fragte der Kommissär.

'Mit einem Langen Blonden' meinte Tino und spuckte wieder Blut.

'Brauchst du einen Arzt?' fragte der Kommissär.

Tino schüttelte den Kopf.

'Hau wieder nach Zürich ab' riet ihm der Kommissar. Darauf

liess er Studi und den langen blonden Liechti antreten. 'Ich bin froh', sagte er Ihnen 'morgen pensioniert zu werden. Ihr seid ein Spiesserverein geworden.'

Tino wurde handgreiflich' behauptete Studi.

'Zwei verprügeln nicht einen' schnauzte die beiden der Kommissär an

'Wir haben ihn nicht verprügelt' behauptete Liechti.

Sie sollten verschwinden, brummte der Kommissär und begann sein Büro abzuräumen 'Euer Nachfolger kann mir ja leid tun'

Als der Regierungsrat und der Nachfolger gegen fünf das Büro des Kommissärs betraten, der erste, um eine kleine herzliche Abschiedsrede zu halten und der zweite um feierlich neben dem Regierungsrat zu stehen war der Kommissär schon gegangen

'Vor sechs hat er doch bisher nie das Buro verlassen, war er nicht auswärts beschäftigt gewesen, meinte der Regierungsrat erbittert und als er selber aus dem Hause ging meldete ihm der Portier, der Kommissär habe beim Verlassen des Hauses nicht einmal gegrüsst.

2

Der Regierungsrat, der den Kommissär gerne mochte, beschloss ihn zur Rede zu stellen und ging um halb acht ins 'Commerces', wo der Alte stets die Abendmahlzeit zu sich nahm, doch war er diesmal dort nicht zu finden. Der Regierungsrat telefonierte dem Kommissär nach Hause, doch meldete sich niemand.

Der Kommissär fuhr mit seinem alten Chevrolet schon gegen aus der Stadt.

Es war Ende November und er geriet, kaum hatte er die Stadt verlassen, unverhofft in einen Schneesturm, zu seiner Verblüffung, denn er hatte Regen erwartet. Der Schneesturm war so stark, dass die Strasse in kurzer Zeit mit nassem Schnee bedeckt war. Der Wagen kam ins Rutschen, die grosse Steigung nach der Stadt nahm er mit Mühe, ein Volkswagen überholte ihn mühelos und plötzlich tauchte etwas vor ihm auf, der Kommissär stoppte, der Chevrolet stellte sich schräg zur Strasse, auf dem Kühler sass ein Junge, ein Bernersennenhund rannte mit einem Schlitten, auf dem ein Milchkessel befestigt war ins Feld.

'Entschuldigung' sagte der Junge und kletterte vom Kühler herunter.

Mit Mühe gelang es dem Kommissär wieder zu starten. Nach

der Steigung gelangte er auf eine Hochebene, unter dem nassen Schnee war die Strasse vereist, der Kommissär fuhr vorsichtig, schon von weitem sah er im Scheinwerferlicht etwas Grosses auf der Strasse liegen, er versuchte den Wagen aufzuhalten, der Chevrolet kam dennoch in ein sanftes Schleudern, zeitlupenhaft, wie es dem Kommissär schien, prallte gegen die grosse schwarze Masse, die auf der Strasse lag: Es war eine Kuh, die aufsprang und ins Schneefeld neben der Strasse lief, einem dunklen Bauernhause zu. Der Kommissär kurbelte das Fenster nieder, neben dem Chevrolet stand ein Bauer.

'Danke vielmal' sagte der Bauer, 'ich wusste immer, das Vieh könne von selber aufstehen'

Der Kommissär hatte genug. Beim nächsten Gasthof hielt er an.

3

Der Gasthof lag am Waldrand und war vorher eine kleine, verlotterte Wirtschaft gewesen, die vor einigen Jahren abbrannte. Schnell wie ein Strohfeuer ging alles vorüber, fein säuberlich, hätte man fast sagen können, sah alles am nächsten Morgen aus, nicht einmal einige verkohlte Balken waren zu sehen; dazu war die verlotterte Wirtschaft gegen Brand hoch versichert, erstaunlich hoch und schon ein halbes Jahr später stand eine neue Wirtschaft da, der Gasthof eben, bei welchem der Kommissär parkte, nicht ohne Mühe. Denn die neue Wirtschaft war ein piekfeines Fresslokal geworden, mit erlesenen Burgunders und Bordeaux, die Wagen füllten auch jetzt den Parkplatz fast vollständig, doch ging der Kommissär nicht in den heimelich vornehm gepflegten Speisesaal sondern in den Raum, wo die Lastwagenführer assen und einige Bauern aus der Umgebung jassten. Sie schauten nicht auf. Der Kommissär setzte sich beim Ofen in die Ecke, eine junge schlanke Kellnerin mit hellbraunen Haar und Sommersprossen an den Arme stutzte einen Augenblick, wie sie den Kommissär bemerkte, worauf der, nachdem er sich erinnerte, wo er die Kellnerin schon gesehen hatte, zwei Spiegeleier, Brot und einen zweier Beaujolais bestellt. 'aber nicht zu nah' fügte er bei. Nach der Kellnerin kam die Wirtin, tat, als ob sie den Kommissär nicht bemerkte und verschwand wieder. Darauf brachte die Kellnerin die Spiegeleier, das Brot und den Wein.

'Wie geht's Fräulein Ganghofer?' fragte der Kommissär.

'Nennen Sie mich ruhig, wie mich immer noch alle nennen', sagte sie mürrisch

'Wie geht's Clairette?', sagte der Kommissär

'Es geht mir so, dass es Sie nichts angeht.' sagte die Kellnerin und setzte den Teller mit den beiden Spiegeleiern auf den Tisch.

Dann kam der Wirt, zögernd, setzte sich dem Kommissär gegenüber.

'So', sagte der Kommissär, 'die Clairette haben Sie also angestellt, Herr Borniger.

'Hat sie was angestellt?'' fragte Borniger.

'Ich bin seit heute abend pensioniert', entgegnete der Kommissär

'Sie ging auf den Strich, sagte der Wirt' ich weiss es schon. Aber sie serviert nur in der Wirtschaft und wohnt nicht hier'.

Der Kommissär ass seine Spiegeleier, tunkte Brot hinein

'Ein schönes neues Restaurant haben Sie sich da aufgebaut, Herr Borngar, bemerkte er.

'Das alte war gut versichert' sagte der Wirt

'Zu gut versichert' meinte der Kommissär.

'Clarette, einen halben Beaujolais' befahl der Wirt.

Die beiden Männer schwiegen; die Kellnerin mit den Sommersprossen an den Armen brachte den Wein und der Kommissär reichte Herrn Borngar eine kleinen schwarzen Gegenstand über den Tisch.

Was soll das sein? fragte der Wirt

'Ein vom Feuer verborgenes Feuerzeug' antwortete der Kommissär. 'Ihr Feuerzeug, Herr Borriger'.

Der Wirt leerte sein Glas Beaujolais. 'Draussen ist ein Sauwetter' sagte er.

'Mein alter Chevrolet kam einige Male ins Rutschen' sagte der Kommissär.

'Ich fahre einen Mercedes 220. Einen automatischen!' sagte der Wirt.
'Das können Sie sich jetzt ja leisten, Herr Bottiger' stellte der Kommissär fest. 'Übrigens muss ich Ihnen gratulieren, Sie sehen besser aus als früher, Herr Bottiger.'
Ich trinke weniger! entgegnete der Wirt und schob dem Kommissär das Feuerzeug wieder zu. 'Das gehört mir nicht' sagte er.
Der Kommissär leerte sein Glas ebenfalls
'Nach dem Brand, Herr Hottiger, untersuchte ich die Brandstätte, sie werden sich erinnern. Dabei fand ich dieses Feuerzeug im Schopf. In den Überresten verbrannten Heus. Ich liess die Überreste analysieren. Privat. Das Heu war mit Benzin übergossen worden.'
'Der Beaujolais schmeckt mir nicht' sagte der Wirt. Trinken sie mit mir eine Flasche Vosné-Romanée?
'Gern' sagte der Kommissär

Die Kellnerin brachte die Flasche
'Er ist gut temperiert' sagte der Wirt.
'Vorrtrefflich' Lobte der Kommissär und schaute
nach dem Fenster. Draussen schneite es noch
Immer.
Haben sie auch Zimmer, Herr Hottinger? fragte
der Kommissär
'Auch' antwortete der Wirt.
'Ich übernachte hier' sagte der Kommissär,
Trinken wir den Vosne Romanée zu Ende.
Und noch eine Bitte, Herr Hottinger, hier
mein Wagenschlüssel. Im Kofferraum be-
finden sich zwei Winterpneu, Lassen
sie die mir die doch morgen aufmontieren,
die garage ist ja nicht weit.

4

Am nächsten Morgen, wie der Kommissär vor die Türe des Gasthofes trat, war es eiskalt, obgleich die Sonne schien. Es hatte in der Nacht noch mehr geschneit, aber jetzt hatte die Biese eingesetzt. Sein Wagen war schon vorgefahren, die Schneepneu's montiert. Neben dem Kommissär tauchte der Wirt auf.

'Trinken wir noch eine Tasse Kaffee?' fragte Herr Hottinger.

'Gern' antwortete der Kommissär. 'Zu früh für diese Hunds-kälte.'

Ein strenger Winter kommt' sagte der Wirt

'Im Gegenteil' antwortete der Kommissär und setzte sich hinter den Wirtshaustisch 'der Winter wird zu milde sein. Zu frühe Kälte ist kein gutes Zeichen für einen anständigen Winter.

Café complet, fragte der Wirt.

Er trinke nur einen Milchkaffee, meinte der Kommissär. Die Wirtin servierte, sonst war niemand in der Wirtshaus-stube.

'Wollen wir nun gehen?' fragte der Wirt, wie der Kommissär seinen Milchkaffee ausgetrunken hatte.

Wir? fragte der Kammissär und betrachtete den Wirt nach-
denklich. 'Was meinen Sie mit 'wir', Herr Hottiger?
Der Wirt schwieg eine Weile. Dann sagte er langsam: 'Ich gabe
es ja zu, dass ich das alte Wirtshaus niedergebrannt habe.
Sie können mich abführen, Herr Kommissär, ich bin bereit
und auch meine Frau ist bereit.
'Ich habe meinen Mann dazu angestiftet' sagte die Wirtin
'Vor einem Jahr' entgegnate der Kommissär, 'als mein Magen
noch in Ordnung war, ass ich ich oft in ihrem Gasthaus,
Frau Hottiger. Es ist eine fantastische Fressbeiz ge-
worden, sie beide haben etwas aus der Feuersbrunst
gemacht. Dass dabei die Versicherung gerupft wurde,
zugegeben, doch floriert sie deshalb weniger? Ihr
beiden, ich habe so viele Menschen in meinem Leben
verhaftet, dass ich, weiss der Teufel, es als meine
moralische Pflicht ansah, hin und wieder jemand
nicht zu verhaften. Sehen sie, Herr Hottiger, ich
kannte einmal einen Pfarrer, der immer den zehnten
Teil seines Einkommens in eine besondere Kasse

Tat, in die Armenkasse, und so tat ich dann auch immer zehn Prozent meiner Verbrecher in eine besondere Kasse, in meine Ungerechtigkeitskasse. Hier, Herr Hottiger, Ihr Feuerzeug. Werfen Sie es irgendwo in den Wald. Die Expertise über das mit Benzin übergegossene Heu ist längst vernichtet. Und nun geben Sie mir die Rechnung fürs Essen, fürs Übernachten und für den Radwechsel, damit wir uns nichts schuldig bleiben; für den Milchkaffee heute morgen haben Sie mich eingeladen und dafür danke ich auch recht schön.

5

Er lenkte den alten Chevrolet nicht auf die Nationalstrasse, sondern wählte eine Nebenstrasse, die ihn in den Wald hineinführte. Über die Strasse war schon ein Schneepflug gefahren, doch als er bei einem Waldweg angelangte, erwies sich dieser als unpassierbar. Der Kommissar verliess den Chevrolet und stapfte durch den Schnee in den Waldweg hinein. Die Tannen waren voll

Schnee, der Kommissar, der die Natur hasste, kam sich vor, als wälze er sich durch eine ungeheure Zuckertorte. Sein Mantel gab ihm zwar warm, aber der Schnee war in seine Schuhe gedrungen, er stapfte mit nassen Füssen durch den Schnee. Eine Frau stapfte ihm entgegen in hohen Stiefel und in einem schwarzen Persianer.

'Guten morgen, Clarette, sagte der Komissär, Sie wohnen also bei Feller?

'Sie wollen zu ihm? fragte Clarette. Ihre Züge waren streng und hart, aber sie war immer noch ein schönes Mädchen, wenn es doch dem Komissär eigentlich schwer fiel, sich zu erklären, warum ihm dieses Mädchen so ausserordentlich gefiel.

'Es scheint Ihnen gut zu gehen, Clarette!' sagte der Kumissär.

'Was wollen Sie bei Feller?' fragte Clarette.

Der Kommissär betrachtete sie nachdenklich.

'Feller und ich sind alte Freunde', antwortete er endlich.

'Davon weiss ich nichts' sagte sie.

'Feler auch nicht' lachte er und stapfte weiter, sie sah ihm misstrauisch nach, bis er hinter der nächsten Tannengruppe verschwunden war, dann rannte sie in den Wald hinein. Sie kam schneller vorwärts als auf dem Nebenwege, weil unter den Tannen weniger Schnee lag, nur bei einer kleinen Lichtung fiel sie hin. Jeman half ihr auf. Es war der Komissär.

'gehen sie ruhig zu Herrn Hottigers Gasthaus, Fräulein Clairette', sagte der Komissär ruhig, 'dem Feller wird nichts geschehen.

Clarette schaute den Komissär an. Sie war totenbleich.

'Wenn sie es sagen' murmelte sie fast unhörbar

'Ich sage es' antwortete der Kommissär und schaute ihr nach wie sie im Walde verschwand. Dann stapfte er weiter durch den Schnee

6

Fellers Autofriedhof erreichte der Kommissär zehn Minuten später. Die zerquetschten, verbeulten, auf jede Weise beschädigten und dann einfach wieder unalten, längst aus der Nacht gekommen und halbabmontierten Automobile sahen unter der Schneedecke in der grossen Waldlichtung bizarr aus und der Kommissär bemerkte mit Befriedigung, dass es sich der Hauptsache nach um Lastwagen handelte. Er steckte sich seine alte Dunhill in Brand, stapfte dann aufs Haus zu. Feller sass auf einem alten Traktor, womit er einen noch älteren Lastwagen in eine Baracke abschleppte.

'Morgen, Feller' grüsste der Kommissär.

Feller stieg vom Traktor, kratzte sich am Kopf. 'Morgen' sagte er. 'Wer sind Sie denn?'

'Das weisst du ganz genau, wer ich bin, Feller' antwortete der Kommissär.

'Na ja', brummte Feller, 'Sie sind der Kommissär von der Kantonalpolizei.'

'Gehen wir hinein', sagte der Kommissär.

'Gehen wir hinein', sagte Feller. Sie betraten das Haus und gingen durch einen Korridor. Die Türe zum Wohnzimmer stand offen. Die Küche sah ordentlich aus. 'Clarette hält dein Haus gut in Ordnung' sagte der Kommissär.

'Ein prima Mädchen' stellte Feller fest, schaute dann den Kommissär misstrauisch an 'Hat sie wieder mal in der Stadt – ich meine, liegt wieder mal etwas gegen sie vor?'

'Nein' antwortete der Kommissär.

'Ich würde sie trotzdem heiraten', sagte Feller.

'Das würde ich auch, an deiner Stelle', pflichtete ihm der Kommissär bei. Sie setzten sich an den Küchentisch.

Auf dem Herd stand über einem kleinen Feuer ein Topf. 'Kaffee?'

'Gern'

Feller schenkte aus einer grossen Kanne ein, die ebenfalls auf dem Herd stand. Kann ich mir die Füsse wärmen? fragte der Kommissär. 'Bitte' sagte Feller. Der Kommissär zog die Schuhe aus und hielt sie gegen den Herd. 'Kirsch' fragte Feller.

'Nein' antwortete der Kommissär. 'Ich nehme einen' sagte Feller

'Den wirst du nötig haben' entgegnete der Kommissär.

'Sie sind also meinetwegen gekommen' sagte Feller.

'Deinetwegen'

Die beiden schwiegen.

'Sind Sie allein gekommen?' fragte Feller.

'Allein' antwortete der Kommissär 'Ich bin seit ges-
tern pensioniert. Niemand weiss, dass ich bei dir
bin. Niemand, ausser Clairette.
'Ausser Clairette' wiederholte Faller und schnappte sein gros-
ses Klappmesser auf 'und die wird schweigen.
'Sicher', sagte der Kommissär

7.

Faller schnitt sich mit den Messer sorgfältig ein grosses
Stück von einem länglichen Brot ab, holte dann Käse,
schnitt sich ebenso sorgfältig ein Stück heraus
und schnappte das Klappmesser wieder zu.
'Was wollen sie bei mir, Kommissar?'
Der Komissär trank den Kaffee ebenso bedächtig,
wie Faller das Brot und den Käse geschnitten
hatte. Faller, sagte er, ich bin Pensioniert
und als pensionierter muss ich mein Hobby haben.
Nun, mein Hobby ist, meine unerledigten Fälle
zu besuchen.'

Faller schnappte sein Klappmesser wieder auf.

'Sie wollen Ihre unerledigten Fälle erledigen' fragte er lauernd.

Der Kommissär hielt ihm die Tasse hin. 'Besuchen, nicht erledigen' sagte er, 'ich bin bloss neugierig, wie es Ihnen geht.'

'Man weiss nie so recht, was Sie eigentlich wollen.' antwortete Faller, schenkte dem Kommissär Kaffee ein, holte sich eine Quittenflasche, von der er Kirsch in den Schnaps goss. 'In den Quittenflaschen hält sich der Kirsch gut' erklärte er, 'ich giesse nur hin und wieder etwas Schnaps nach.'

'Kirsch schmeckt in jeder Flasche gut' sagte der Kommissär 'gib mir doch auch einen Schnaps, Faller.'

Faller gehorchte. Dann griff er wieder nach dem offenen Klappmesser.

'Sie sind ein kurioser Mann und reden kurios, Kommissär' sagte er und schob sich mit dem Messer Käse in den Mund. 'Ihre unerledigten Fälle besuchen.' Ich bin keiner Ihrer unerledigten Fälle. Ich weiss wirklich nicht, was Sie von mir wollen?'

'Mit dir einbrechen', antwortete der Kommissär.

8

Feller schnappte das Klappmesser wieder zu. 'Ich habe noch nie eingebrochen.'

Der Kommissär Trank den Kaffee mit dem Schnaps.

'Feller', erklärte er dabei, 'wir Kriminolisten befolgen eine bestimmte Regel, die zwar nicht gerade ein Gesetz ist, sondern eine praktische Arbeitshypothese.'

'Mir zu hoch', sagte Feller.

Nun, wir nehmen an, dass jeder Verbrecher stets mit der gleichen Methode arbeitet, meinte der Kommissär

'So, das meint ihr', stellte Feller trocken fest und ass Brot.

'Einen schönen roten Berber hast du da im Korridor; im Wohnzimmer liegen zwei Passer Und Ich wette das ich noch weitere Teppiche finden würde, einen

Türkestan, und einen von Afghanistan.' sagte der
Kommissär.
'Sie können ja nachschauen' sagte Feller
'Ich glaube, das ist nicht nötig', antwortete der
Kommissär, 'weil ich die Teppiche finden würde.
'Das würden Sie' sagte Feller, und schnappte
das Klappmesser wieder auf.
'Das würde ich!' bestätigte der Kommissär.
'Sie reden chinesisch' sagte Feller.
'Der Teppich, der da als Schmuck an der Küchenwand hängt
ist chinesisch' antwortete der Kommissär.
Feller hielt das Küchenmesser immer noch aufge-
schnappt in der rechten Hand.
'Sie glauben wohl, ich stehle Teppiche?' fragte er
spöttisch.
'Ich glaube, du stiehlst Geldschränke, antwortete
der Kommissär.

9

'Siehst du, Feller', fuhr der Kommissär fort und Feller sass ihm gegenüber am Küchentisch, unbeweglich vor seiner Kaffeetasse, vor seinem Brot und vor seinem Käse, 'siehst du Feller, es gibt da eine Reihe von Fällen, die ich nie aufgeklärt habe. In Zäziwil wurde aus einer Schokoladefabrik ein Geldschrank gestohlen, in Wildisbächen aus dem Hause des Gemeindeschreibers, aus der Ersparniskasse in Maidorf, bevor sie renoviert wurde, aus dem Büro einer Grosssägerei in Hüttligen – nun, alles habe ich nicht mehr im Kopf.

'Was soll das mit meinen Teppichen zu tun haben?' fragte Feller und goss sich Kirsch in die leere Kaffeetasse.

'Die Räume, aus denen die Geldschränke gestohlen wurden, waren die Privatbüros der Direktoren und lagen im zweiten Stock oder im Hochparterre,' erklärte der Kommissar.

'Na und?' fragte Feller.

'Ein Geldschrank ist verdammt schwer', sagte der

Kommessär.'

"Na und' fragte Faller und trank Schnaps

'Schwer und solid. Es ist nicht leicht, ihn in einem Büro geheim aufzumachen, dazu gehören Fachmänner.

'Ich bin kein Fachmann' sagte Faller und trank weiter Schnaps.

'Eben', sagte der Kommissär, 'deshalb wähltest du eine andere Methode.

'Die wäre?'

Alle gebäude, aus denen ein Geldschrank gestohlen wurde, lagen an einer Bahnlnie.

'Zufall'.

'Ich weiss nicht' sagte der Kommissär; 'Wenn man nachts die Teppiche im Büro des Direktors auf einen Lastwagen breiten würde und im Augenblick, wenn ein Güterzug vorüber fährt, den Kassenschrank durchs Fenster auf den Teppich kippen würde, ginge der Lärm beim Vorbeifahren des Güterzuges unter.

Dann könnte man den Geldschrank irgendwo in

einen Wald oder in eine einsame Ebene fahren und dort
ungestört öffnen.
'Konnte man' sagte Feller und schloss die Schnapsflasche.
'Die Geldschränke wurden alle gefunden' sagte der
Kommissär. 'Alle an einsamen Stellen'
'Beweisen Sie mal, dass ich was damit zu tun habe'
sagte Feller und betrachtete aufmerksam sein
Klappmesser. 'das wird Ihnen, nicht gelingen'.
'Feller' antwortete der Kommissär, 'dein Glück ist,
du kennst die moderne Kriminalistik nicht. Du
würdest staunen, was die alles herausbrächten, wenn
sie deine Teppiche untersuchen würde und ausser-
dem, wären noch die Bestohlenen da. Die würden
deine Teppiche auch wiedererkennen.
Feller schwieg.
Kommissär, sagte er endlich.
Feller?'
'seit wann wissen Sie, dass ich diese Teppiche be-
sitze?

Der Kommissär lachte: Die ersten Einbrüche geschahen vor vier Jahren. Vor zwei Jahren, kurz vor meiner Erkrankung, bin ich einmal in diesem Wald sonntags herumgestrichen. Nun, da fand ich deinen Autofriedhof mitten im Walde, was ich reichlich seltsam fand. Mit recht. Als ich zwei Tage nachts später zurückkehrte, sah ich dich mit einem Lastwagen abfahren und habe darauf das Haus durchsucht. Da fielen mir die Teppiche auf. Es waren bedeutend weniger und Clairette hattest du damals auch noch nicht im Haus.'

Der Kommissär schwieg, Feller starrte in seine leere Kaffeetasse und dann sagte der Kommissär: In der gleichen Nacht ist in Konigen eingebrochen worden. In der Mohamedanermission. An der Burgdorf-Thun Bahn.

'Mohamedaner' antwortete Feller, 'sind sowieso schwer zu bekehren'.

'Der Geldschrank der Mohamedanermission wurde trotzdem gestohlen,' entgegnete der Kommissär, 'er wurde am

Bach in einem gebüsch zwischen Oberdiessbach und Kiesen aufgefunden

'Scheisse' sagte Feller.

10

Ein Mann erschien in der Türe. Massig. In einem schwarzen schwarzen Ledermantel, der mit gelbgefärbtem Lammpelz gefüttert war. Er starrte den Kommissär verblüfft an und dann sagte er auch 'Scheisse'.

'Guten Tag, Keller' grüsste ihn der Kommissär.

Dann hielt er Feller die Kaffeetasse hin: 'Giess mir etwas Kaffee und Schnaps nach.'

Feller öffnete die Schnapsflasche wieder und goss ein, zuerst den Kaffee, dann den Schnaps.

'Der Kommissär weiss alles' sagte er.

'Scheisse' sagte Keller wieder.

'Dein Vokabular scheint ziemlich zusammengeschrumpft, Keller', meinte der Kommissär.

'Damals in Thorberg war es anders!'

'Die vier Jahre Thorberg verdanke ich ihnen, grollte Keller.
'Ein richtiger Verbrecher lässt sich nicht schnappen' antwortete
der Kommissär trocken. 'Du bist nur ein kleiner Verbrecher'.
'Dann sind sie wohl auch nur ein kleiner Kommissär'
höhnte Keller
'Ein ganz kleiner' sagte der Kommissär.
'Ich weiss nicht' sagte Feller.
'gib mir auch einen Schnaps, sagte Keller.
' Lieber nicht ' gab der Kommissär zu bedenken,
'Keller hat heute noch zu fahren.' Worauf Keller
zu dritten Mal sein Hauptvokabular gebrauchte.
Feller spielte mit seinem Klappmesser. Der Kommissär
will mit uns einbrechen. Er sei pensioniert
'In diese Falle sollen wir gehen' fragte Keller arg-
wöhnisch.
'Niemand weiss, dass er hier ist.'
Wer behauptet das?
'Er' sagte Feller'.
'Fein' antwortete Keller 'dann ist die Angelegen-

heit erledigt, und holte ebenfalls ein Klappmesser.
'Blödsinn' brummte Feller 'wer beweist uns, dass er die Wahrheit sagt.
Der Riese in seinem schwarzen Ledermantel dachte minutenlang nach dann sagte er ein Viertes Mal sein Hauptkabulat. Dann hellte sich sein gesicht plötzlich auf: 'Ich habe eine Idee' erklärte er.
Das befürchtete ich schon lange' sagte Feller.
'Wir brechen einfach nicht ein'
Feller seufzte: Nehmen wir an, der Kommissär habe uns angelogen und die ganze Polizei wisse, dass er bei uns sitzt und Schnaps trinkt, sind wir auf alle Fälle verloren, ob wir nun einbrechen oder nicht, denn der kommissär besitzt die Beweise, dass wir Kassenschränke gestohlen haben und weiss auch, wie wir sie gestohlen haben. Aber ich glaube nicht, dass der Kommissär lügt. Weil er die Beweise schon seit zwei Jahren besitzt.
'Dann bringen wir ihn also doch um? fragte

Keller verwirrt.

'Du bist ein Kamel', stellte Faller fest und stach sein Klappmesser in die Tischplatte, so dass es senkrecht stecken blieb.' Wenn er uns nun trotzdem angelogen hat, haben wir zu unseren Einbrüchen noch einen Mord auf dem Kerbholz. Es bleibt es nichts anderes übrig, als den Kommissär zu unserem Einbruch heute nacht mitzunehmen.

Keller sagte ein fünftes Mal sein Hauptkabular

11.

gegen halb acht schöpften sie aus den Topf Fleischsuppe mit Lauch, Rüben, Kohl, Selerie Zwiebeln, Knoblauch und Lorbeer. Jeder ass schweigend. Dazu tranken sie Bäziwasser. der Kommissär und Faller ein Gläschen, Keller durfte nicht.

'Die Nacht wird kalt.' sagte Faller

'Kunststück' sagte Keller.

Dann rauchten sie.

Gegen halb zwölf kam Clairette, sie legte ihren Par-
sianer ab.
'Der stammt von Ulzenstein' sagte der Kommissär,
'die Privatsekretärin der Sekretärin liess ihn im
Büro neben dem Kassenschrank hängen.
'Weil sie nebenan mit ihrem Chef schlief.' antwortete
Feller
Der Kommissär steckte sich nicht ohne eine gewisse
Bewunderung für die zwei Einbrecher eine Zigarre
in Brand: 'Donnerwetter, ihr seid zwei kalt-
blütige Burschen.
Keller brauchte wieder sein Lieblingsvokabular
Was rauchen sie denn da?' fragte Feller
'Brasil. Import. Presidento.'
Presidenten imponieren mir immer' bemerkte Feller
Der Kommissär bot ihm ein Zigarre an, die er
schon anzündete. Keller lehnte ab
'Geht ihr heute nacht?' fragte Clairette
Feller erhob sich: 'Jetzt.

Clairette antwortete nichts

Die drei Männer verliessen die Küche und traten vor das

Haus. Draussen hatte es wieder geschneit

'Wir fahren vor' sagte Feller.

Feller und Keller verschwanden in den schwarzen Unge-

tümen des Autofriedhofs. Es war dunkle Nacht, Neu-

mond, der Kommissär betrachtete den Himmel, den

grossen Bären und den kleinen Bären und war zufrieden,

dass er das Reiterlein erkannte, doch kam es ihm

vor, dass er das schwache Steinlein besser erkannte

als sonst. 'Ich werde langsam weitsichtig' dachte

er, doch das schien ihm zu seiner Pensionierung

zu passen.

Ein Lastwagen kam angerollt, ohne Licht. Er schien

in der Dunkelheit gross wie ein Möbelwagen zu sein.

Die Haustüre öffnete sich und Licht fiel über den

Schnee auf den Führerstand. Der Kommissär spürte

den Atem Clairettes

'Licht aus' herrschte Feller sie an.

Die Ture schloss sich wieder.

Einer sprang aus dem Führerstand.

'Einsteigen befahl er. Es war Keller.

Der Kommissär gehorchte. Im Führerstand sass er zwischen Feller und Keller.

Sie fuhren eine halbe Stunde durch Wälder und Lichtungen, Langsam, nur mit Standlicht, dann hielten sie an. Feller und Keller stiegen aus, der Kommissär aus Neugierde auch, Trozdem er vorsehentlich bis zu den Knien im Schneewall zu stehen kam, der sich auf beiden Seiten des Waldweges häufte. Feller und Keller hantierten am Wagen, nahmen dunkle, aus Sackleinwand verfertigte Decken von der Wagendecke und von den Wagenwänden.

Der Lastwagen sah nun wie ein weisser Möbelwagen aus, der im Licht der Sterne schimmerte, wenigstens kam ihm das so vor.

'Was habt ihr gemacht?' fragte er.

'Der Wagen ist nun weiss lackiert' bestätigte Feller die Vermutung des Kommissärs 'mit einer grossen

Aufschrift: Mobeltransport AG.

'Wozu?' fragte der Kommissär.

'Um aufzufallen' antwortete Faller.

Der Komissär lachte; 'Schlau'.

Sie fuhren vom Waldweg mit voll eingeschalteten Scheinwerfen auf eine Landstrasse, verliessen den Wald, durchfuhren einige Dörfer und kamen dann nach Bern, das sie über die neue Aarebrücke durchfuhren. Am Ende der Brücke stand ein Polizeiwagen mit Polizeiwachtmeister Bärtschi. Sonst waren nur wenige Menschen zu sehen, es ging schon gegen halb eins. Bärtschi hielt sie an.

Faller stoppte.

'Stadtlicht einschalten' sagte Bärtschi.

'Entschuldigen Sie' sagte Faller.

'Weiterfahren' sagte Bärtschi

Sie fuhren weiter. 'Kannten Sie den Tschugger?' fragte Faller wie beiläufig.

'Einer meiner früheren Untergebenen' sagte der Kommissär Trochen.

'glück gehabt', meinte Keller, 'er hat sie nicht erkannt.

'Umso weniger hätte er Verdacht gefasst.' antwortete der Kommissär

'Und hat er nun Verdacht gefasst?' fragte Feller und hielt bei einem Stop.

'Nein' stellte der Kommissär fest, Bärschi ist zu harmlo um sich eine falsche Wagennummer zu merken.

'Woran sollte er sich das merken?' Feller überquerte die Kreuzung.

'Weil ihr an euren Möbelwagen das Nummernschild des Solothurner Polizeiinspektors montiert habt.

'Teufel'. brummte Keller.

'Du Trottel' fluchte Feller 'du hast mir diese Nummer verschafft.

'No ja' meinte der Kommissär 'sowas merkt ein erfahrener Tschugger eben.

Sie fuhren durch Bethlehem. Der Kommissär war

neugierig, ob es gegen Murten-Lausanne oder gegen Kerzers-Ins-Neuchâtel ging. Nach Gummenen bogen sie in die Stross nach Neuchatel ein. Nach Ins fuhren sie in Richtung der Strafanstalt Witzwil, hielten kurz vor der Strafanstalt an einem Waldrand, parkten.

'Hier ist es am sichersten' sagte Faller

'glaube ich auch' bestätigte der Kommissär

'Leuchte mal' befahl Faller und Keller hielt eine Taschenlampe, während Faller ein neues Nummernschild montierte

'Ist das ein besseres'? fragte er den Kommissär.

'Minim' antwortete der. 'Das Nummernschild gehört dem Freiburger Staatsanwalt.'

Faller fluchte und einen Moment lang schien es, als wolle er Keller und Feller verprügeln, dann begannen Feller und Keller das Dach und die Seitenwände des Möbelwagens abzumontieren. 'Würden sie uns dabei etwas

Leuchten' fragten sie den kommissär. 'zu dritt geht es besser'

'Gerne' antwortete der kommissär und hielt die Taschenlampe.

Der wagen verwandelte sich vollständig. Er hatte nun niedere Seitenwände und der kom-missär bemerkte, dass das innere dick mit Stroh ausgelegt war

'Wir geben eben raffiniert vor' sagte Feller Stolz, dann fuhren sie an der Strafanstalt Witzwil vorbei.

'Da habe ich neun Monate am gemüsanbau mit-gearbeitet, bemerkte keller, auch nicht ohne Stolz: 'Ich war ein ganz guter gärtner

'Das gemüse in der Polizeikantine stammt auch immer von hier.

Bei Gampelen bogen sie wieder in die Strasse nach Neuchâtel ein

Es war kurz vor drei.

. 'Am 4 Uhr fünf kommt der Güterzug' sagte
Feller.
Sie fuhren durch Saint-Blaise und hielten kurz
nach dieser Ortschaft bei einer Garage. Un-
mittelbar nach der Garage führte eine Eisen-
bahnbrücke über die breite Einfahrtsstrasse
nach Neuchâtel. Die Garage war dunkel
auch die Shell-lichtreklame war ausser
Betrief. Feller lenkte den Lastwagen
vorsichtig um die Garage herum in den
Hinterhof. Er hielt unter einem Balkon.
'Beim Balkon befindet sich das Büro, er-
klärte Feller 'klettern wir hinauf!
Sie kletterten vom Lastwagen auf den Bal-
kon. Keller hatte einen Glasschneideinstru-
ment bei sich
'Damit schneide ich einen Kreis in die
Fensterscheibe'
Der Kommissär öffnete die Balkontüre

'dilettantisch' erklärte er. 'Zuerst untersucht man, ob die Balkontüre überhaupt geschlossen ist. Es ist ihnen schon zweimal passiert, Keller, dass sie ein Fenster aufgeschnitten haben, obgleich die Balkontüre unverschlossen war.'

'Trotzdem er ein Profi ist, bleibt er ein absoluter Anfänger' tobte Feller.

Ein Hund begann im Haus, das an die garage aufgebaut war, zu bellen.

'Seht!', sagte der Kommissär, 'Ihr redet beide zu laut'.

'Wir hauen ab' schlug Feller flüsternd vor

'Unsinn' sagte der Kommissar, der Hund kann uns nach der Windrichtung nicht wittern, er hat euch nur gehört.'

'Jemand könnte aufstehen'

'Nach drei Uhr steht niemand so leicht auf' sagte der Kommissär und betrat das Büro.

Feller und Kelle zogen ein gerät, das wie ein zweiräderiger Lastträgerwagen aussah,

vorsichtig vom Lastwagen auf den Balkon hinauf
dessen Geländer aus Eisenstangen bestand.
'Kein Problem' flüsterte Feller, 'die sind stabil' '
Leuchten sie bitte
Der Kommissär leuchtete mit der Taschenlampe
Feller und Keller rollten den Teppich zusammen
Es war ein roter Kokosteppich.
'Solche habe Ich viele' sagte Feller.
'Ihr stiehlt ja auch nicht Teppiche' sage der Kommissär
und leuchtete mit der Taschenlampe.
Feller und Keller breiteten den Teppich auf dem
Stroh des Lastwagens aus. Der Kommissär war allein
im Büro und schaute sich mit der Taschenlampe um.
Neben dem Tresor war eine Ture. An der Türe hing
ein blauer Arbeitsmantel. Der Kommissär griff
in dessen Seitentaschen, fühlte bei einer Geld-
scheine, zog sie heraus. Es waren einundzwanzig
Tausender. Der Kommissär schob die Geldscheine
wieder in die Seitentasche zurück.

Faller und Keller erkletterten aufs neue den Bal-
kon.
'Jetzt kommt der Tresor dran' sagte Faller.
Faller und Keller schoben ihr Spezialgerät an den
Tresor, der an der Wand neben der Türe stand,
hämmerten und hebelten und rollten dann den Tresor
auf den Balkon. Dort hebelten sie den Tresor in
die Höhe, so dass er weit über das Eisengeländer
hinausragte.
'Eine geniale Konstruktion' sagte Faller 'von mir
selbst erfunden.
'In zwanzig Minuten kommt der Zug' sagte Keller.
'Warten muss man bei unserem Metier können'
stellte Faller lakonisch fest.
Die drei standen auf dem Balkon und warteten.
Es war bitter kalt.
Sie froren jämmerlich
'Wenn man nur rauchen könnte' jammerte Keller
'Maul halten' zischte Faller.

Endlich kam ein endloser Güterzug, donnerte über die Brücke.

Faller und Keller liessen den Tresor über den Balken auf den Lastwagen hinunterkippen, kletterten dann mit dem Kommissär hinunter. Als sie starteten, rollte der Güterzug noch immer über die Brücke. Sie fuhren über Ins, Finsterhennen, Sisselen ins grosse Moos.

Beim Kanal bogen sie in die Gebüsche und machten sich mit Hammer und Brecheisen an die Arbeit.

Um zwanzig vor fünf war der Tresor geöffnet. Er enthielt Geschäftspapiere und fünfundzwanzig Franken.

12.

Gegen halb sieben morgens kehrten sie in Fallers Autofriedhof zurück. Der Wagen sah jetzt wie ein grüner Lieferwagen aus. Clarette erwartete sie. Sie hatte heissen Milch-

Koffee gemacht, Spiegeleier, Brot und Käse waren vorhanden.

'Fünfundzwanzig Franken haben wir erbeutet' sagte Feller, dann schwieg er und die andern schwiegen auch, tranken und assen.

'Nun?' fragte Feller.

Der Kommissär schlürfte heissen Milchkaffee.

'Das mit den Nummernschildern will ich vergessen,' antwortete er, 'und auch den dilletantischen Versuch Kellers ein Fenster aufzuschneiden, obgleich die Ture offen stand. Vergeben und vergessen. Eine ganz andere Sache ist die Methode, die ihr für euer Vorgehen gewählt habt. Zu kompliziert. Das ständige Verändern der Wagenkarosserie unnütz. Ich habe mich oft gefragt, weshalb gewisse Kriminelle so kompliziert arbeiten. Weil sie nicht wirkliche Profis sind. Wirkliche Profi's arbeiten einfach. Sie wissen genau, dass der Polizei zu wenig Leute und vor allem zu wenig geschulte Leute zur Ver-

fügung stehen, um gegen wirkliche Kriminelle
erfolgreich vorgehen zu können. Alles in allem
Feller und Keller: ihr seid kriminalistisch gesehen
Amateure'
'Das ist halt' sagte Feller. 'Das Urteil schlucke ich
nicht so ohne weiteres.
'Verdienst du mehr von deinem Autofriedhof oder
von deinen Einbrüchen'
'Vom Autofriedhof' sagte Feller
'Wieviel mehr?' fragte der Kommissär.
'Viel mehr' antwortete Feller.
'Das glaube ich dir' sagte der Kommissär, 'und
falls es dich interessiert: Neben dem Tresor
hing ein Arbeitsmantel an der Türe.'
'Und?' fragte Feller ahnungslos
'In seiner rechten Seitentasche befanden sich
Einundzwanzig Tausend Franken.
Farflixt, sagte Feller.
Wenn Dilletanten nicht Glück haben, haben

Sie grausames Pech' sagte der Kommissär
Kaffee schlürfend.

13

Nach dem Morgenessen wurde der Kommissär müde.
Feller führte ihn in ein einfaches Zimmer, an der
Holzwand hing ein Farbdruck eines Ankerbildes.
Der Kommissär zog die Schuhe aus und den Rock,
legte sich auf die Bettdecke und schlief
sofort ein. Vor seiner Krankheit hatte er
wenig geschlafen und war oft nächtelang
wach geblieben, nun überfiel ihn der Schlaf
geradezu, oft unvermutet, auch tags-
über, und so schlief er denn den ganzen
Tag im Haus beim Autofriedhof im Wald
und träumte dann, jemand stehe neben
seinem Bett und wie er erwachte, stand
Clarette neben seinem Bett.
'Was wollen Sie hier, Clarette?' fragte

dar Kommissär.

'Sie liegen auf meinem Bett' antwortete Clairette und blickte ruhig auf den Kommissär nieder, da es erst jetzt realisierte, dass sie im Nachthemd vor ihm stand.

'Wieviel Uhr ist es denn?' fragte dar Kommissär noch zu müde, nach seiner Armbanduhr zu schauen. Er blickte nur nach dem Fenster. Es war draussen tiefe Nacht.

'Mitternacht' sagte Clairette.

'Da muss ich ja fünfzehnstunden geschlafen haben' antwortete der Kommissär.

'Einbrechen ermüdet eben' stellte Clairette fest.

'Ich bin ein alter Mann' sagte dar Kommissär und blieb liegen. Er war immer noch müde.

'Falle?' fragte er.

'Er sauft mir Keller immer noch Schnaps in der Küche' sagte sie. 'Fünfundzwanzig

Franken sind wenig.'

Der Kommissär blieb immer noch liegen. 'Es ist Zeit auf-
zubrechen' sagte er. Ich muss meinen alten Chevro-
let wieder finden.

'Draussen regnet es jetzt' sagte Clairette, 'das
Wetter hat umgeschlagen'

Der Kommissär lauschte. 'Es stimmt, es regnet,
stellte er fest und dann sagte er: Nässe
schadet mir nichts' blieb jedoch immer noch
liegen. 'Mich frierts etwas.'

'Mich frierts auch etwas' sagte Clairette, 'wenn
sie sich ausziehen und unter die Decke kriechen,
kann ich mich zu ihnen legen.

'Hat sie Feller geschickt, Clairette? fragte
der Kommissär.

'Nein' antwortete Clairette, 'was ich mache
geht ihn jetzt nichts an. Er hat seine
fünfundzwanzig Franken und seinen Schnaps.

Der Kommissär betrachtete Clairette nach-

danklich, die Schlanke mit ihrem weissen Nacht-
hemd und ihren sommersprossigen Armen vor
ihm stand.
'Ich bin ein alter Mann, Claretta' sagte er,
'die Ärzte haben meinen Leib ausgeweidet.
Ich habe lange keine Frau mehr gehabt.
'Dann brauchen Sie diese Nacht eine' sagte
Claretta 'Sie waren anständig zu mir und
haben verhindert, dass man mich in Hindel-
bank einlochte, es ist Zeit, dass ich
einmal anständig zu Ihnen bin.

14.

Als der Kommissär am nächsten Morgen gegen 11 Uhr
zufrieden in seine Wohnung in der Altenbergstrasse
zurückkehrte, fand er im alten Ledersofa seinen
Freund, den Schauspieler, in tiefem Schlafe
vor, offenbar betrunken, ein Eindruck, der
sich, wie der Kommissär in die Küche und ins

Bad ging drastisch besänftigt. Dem Kommissär blieb nichts anderes übrig als Frau Gwander vom untern Stock herauf zu bitten, die Schweinerei aufzufegen. Während Frau Gwunder noch mit dem Kübel, dem Aufwaschtuch und dem Besen hantierte, kam ein Anruf von seinem alten Chef Dr. Lutz.

'Kommen Sie sofort auf mein Büro' befahl Lutz

'Ich bin pensioniert' antwortete der Kommissär und hing auf.

Der Schauspieler versuchte sich aus dem Sopha zu erheben und fiel auf die Knie

'Wo bin ich? fragte er mühsam

'Bei mir' sagte der Kommissär

'Weshalb? fragte der Schauspieler

'Keine Ahnung! sagte der Kommissär

Seit wann? fragte der Schauspieler

'Auch keine Ahnung' antwortete der Kommissär.

'Wie bin ich denn hereingekommen! wollte der Schauspieler wissen.

'Ich habe wohl wieder einmal die Wohnungstüre nicht vaschlossen'

überlegte der Kommiss.

'Du hättest nie Kriminalist werden sollen', sagte der

Schauspieler

'Das sehe ich ein' gab es der Kommissär zu,

'Aber zu spät' sagte do Schauspieler 'nach deiner

Pesionierung.'

Dann schlief er wieder ein. Das Telephon läutete

zu zweiten Male. Es war noch einmal LUTZ.

'Würden Sie bitte sofort auf mein Büro kommen'

sagte er, etwas höflicher

'Ich bin pensioniert', sagte der Kommissär und hing

wieder auf. Der Schauspieler erwachte aufs neue.

'Rief das Stadtheater an?' fragte er.

'Nein'

'Ich habe Längst Probe' sagte der Schauspieler finster.

'Konig Lear'

'Was spielst du darin?'

'Den Narren'

Eine schöne Rolle' stellte der Kommissar fest.

'Nicht, wenn sie der Regisseur als die wichtigste

Rolle des Stückes ansieht.'

Faksimile des Typoskripts mit handschriftlichen Änderungen

Am letzten Nachmittag seines Dienstes, bevor er pensioniert wurde, brachte Locher noch Tino zu ihm, einen Verlausten.

Tino sah ziemlich mitgenommen aus. Der Kommissär schickte Locher hinaus.

"Warum hat Dich Locher festgenommen?" fragte der Kommissär den Rocker. Der strich sich über seinen Schnurrbart, spuckte Blut auf den Boden und antwortete: "Wegen Landstreicherei."

"Pleite?"

"Nur noch vier Stutz fünfzig" sagte Tino und spuckte wieder Blut, "zehn Stutz brauchte ich für Benzin."

Der Kommissär gab ihm fünfzig Franken und wollte wissen, ob ihn Locher verprügelt habe.

"Und wie!" sagte Tino.

"Allein?" fragte der Kommissär.

"Mit einem langen Blonden" meinte Tino und spuckte wieder Blut. Dann sah er den Kommissär an. "Entschuldigen Sie" sagte er, "dass ich den Boden Ihres schönen Büros versaue."

"Dazu ist die Putzfrau da" antwortete der Kommissär und steckte eine "Little Rose of Sumatra" in Brand, rauchte.

"Brauchst Du einen Arzt?" fragte der Kommissär.

Tino schüttelte den Kopf.

"Hau wieder nach Zürich ab!" riet ihm der Kommissär. Tino ging. Darauf liess der Kommissär Locher und den langen, blonden Gruber kommen. "Ich bin froh," sagte er, "dass ich morgen nicht mehr hier bin. Ihr seid ein Spiesserverein geworden."

"Tino wurde handgreiflich." behauptete Locher.

"Zwei verprügeln nicht einen!" schnauzte die Beiden der Kommissär an.

"Wir haben ihn nicht verprügelt." behauptete Gruber.

Sie sollten verschwinden, brummte der Kommissär und begann sein Büro abzuräumen. "Euer Nachfolger kann mir ja leid tun."

Als der "Chef", Dr. Lucius Lutz und Liechti, der Nachfolger, gegen fünf das Büro des Kommissärs betraten, der erste, um eine kleine, herzliche Abschiedsrede zu halten und der zweite, um feierlich neben dem "Chef" zu stehen, war der Kommissär schon gegangen.

"Vor sechs hat er doch bisher nie das Büro verlassen!" meinte Dr. Lucius Lutz erbittert, und als er aus dem Hause ging, meldete der Portier, der Kommissär habe beim Verlassen des Hauses nicht einmal gegrüsst.

Lutz, der zwar den Kommissär nie recht gemocht, aber sich mit der Zeit an ihn gewöhnt hatte, beschloss, seinen ehemaligen Untergebenen zur Rede zu stellen und ging um halb acht ins "Commerce", wo der Alte stets die Abendmahlzeit einnahm, doch war er diesmal nicht dort zu finden. Lutz telephonierte dem Kommissär nach Hause, doch meldete sich niemand.

Regierungsrat Von Schwendi, der Vorsteher des Polizeidepartements, betrat das "Commerce" und setzte sich Lutz gegenüber. Er sei gekommen, vom Kommissär Abschied zu nehmen, verkündete der Regierungsrat, wo, zum Teufel, der denn auch stecke. Er sei einfach davongelaufen, sagte Dr. Lucius Lutz erbittert, und habe nicht einmal den Portier gegrüsst.

Das sehe dem Kommissär ähnlich, meinte der Regierungsrat und bestellte sich ein grilliertes Steak mit Pommes frites.

"Offengestanden, lieber Lutz," fuhr er fort, die Weinkarte studierend, "bin ich froh, dass wir den Mann los sind. Ich habe ihm nie so recht getraut. Wir haben eine Schlange am Busen genährt. Unser armer Staat tut mir langsam leid."

Dann bestellte Von Schwendi eine Flasche Burgunder, |kaufte sich vom Zeitungsverkäufer,| ⅄ ?

zu schneien begonnen, während er und Ellenberger im Commerce nach dem letzten Halben noch einen allerletzten bestellten. Darauf hatten sie noch einen wirklich letzten bestellt und dann hatte er Ellenberger wieder zum Amthaus begleitet, es schneite nun immer mehr, vom Amtsgericht war der Kommissär über die Passerelle beim Bahnhof in das Länggassviertel zu seiner Wohnung gegangen, die Gesellschaftsstrasse war jetzt weiss vom Schnee, er hatte keine Lust in seine Wohnung hinauf zu gehen, seine dritte Frau fehlte ihm plötzlich obgleich sie ihn schon vor einem Jahr verlassen hatte, oder war es noch länger, er flüchtete sich in seinen Wagen, den er wieder einmal vor der Wohnung seines Nachbar, eines Arztes der Studentenmensa gegenüber geparkt hatte, und so war er davongefahren

~~der das "Commerce" betreten hatte, den "Bund" und~~ be~~gann zu lesen.~~

[Als] U~~nterdessen hatte~~ der Kommissär mit seinem alten Chevrolet [Impala] die Stadt ~~schon längst~~ ver~~lassen~~ [liess, setzte ein Schneesturm ein. Zwar hatte es]

~~Es war Ende November, und er geriet in einen~~ S~~chneesturm, zu seiner Verblüffung, denn er~~ ha~~tte Regen erwartet~~. Der Schnee fiel ~~so~~ dicht, [es war längst dunkel, im Licht der Scheinwerfer sah er aus] ~~dass die Strasse in~~ kurz~~er Zeit bedeckt war~~. Der ~~Wagen~~ [Impala] kam ins Rutschen, [kam wieder frei] die grosse Steigung nach der Stadt nahm er mit Mühe, ein Volkswagen überholte ihn spielend und plötzlich tauchte etwas vor dem ~~Chevrolet~~ [Impala] auf, der Kommissär stoppte, der ~~Chevrolet~~ [Impala] stellte sich schräg zur Strasse, auf dem Kühler sass ein Junge, ein Berner Sennenhund rannte mit einem Schlitten, auf dem ein Milchkessel befestigt war, die Steigung hinunter.

"Entschuldigung", sagte der Junge und kletterte vom Kühler. Mit Mühe gelang es dem Kommissär, wieder zu starten. Nach der Steigung gelangte er auf eine Hochebene, unter dem nassen Schnee war die Strasse vereist. Der Kommissär fuhr vorsichtig, schon von weitem sah er im Scheinwerferlicht etwas Grosses auf der Strasse liegen, er versuchte, den Wagen anzuhalten, der ~~Chevrolet~~ [Impala] kam dennoch in ein sanftes Rutschen, zeitlupenhaft, wie es dem Kommissär schien, prallte gegen die grosse, schwarze Masse, die auf der Strasse lag: es

als würden die Flocken strahlenförmig von ihm wegfliegen. Er fuhr in eine Welt voll silberner Dunkelheit Riesenhafte gelbe Augen tauchten vor ihm auf, ausserhalb der Stadt nahm der Verkehr ab–

eine Wagenkolonne kam ihm entgegen, ein Wagen, der ihm folgte, zweigte hinter ihm ab, immer noch die Wagenkolonne, dann war die Strasse leer

der Schnee hinderte die meisten am Weiterfahren. Viele Wagen kamen an sich oder trauten sich nicht weiter war eine Kuh, die aufsprang und ins Schneefeld neben der Strasse lief, einem dunklen Bauernhause zu. Der Kommissär kurbelte das Fenster nieder, neben dem ~~Chevrolet~~ Impala stand ein Bauer.

"Danke vielmals," sagte der Bauer "ich wusste immer, das Vieh könne von selber aufstehen."

Der Kommissär hatte genug. Beim nächsten Gasthof hielt er an.

früher
Der Gasthof lag am Waldrand und war ~~vorher~~ früher
eine kleine, verlotterte Pinte gewesen, die
vor einigen Jahren abbrannte. Wie ein Stroh-
feuer ging alles vorüber. Schnell, fast laut-
los. Am nächsten Morgen sah alles fein säuber-
lich aus, hätte man fast sagen können, nicht
einmal einige verkohlte Balken waren zu sehen;
dazu war die verlotterte Pinte gegen Brand
hoch versichert, erstaunlich hoch und schon
ein halbes Jahr später stand eine neue Wirt-
schaft da, der Gasthof eben, vor dem der
indem er den Impala vor der Türe stehen liess, ebenso sorglos wie unerlaubt, war doch
Kommissär parkte, ~~Nicht ohne Mühe. Denn~~ der
neue Gasthof ~~war~~ ein piekfeines Fresslokal
geworden, mit erlesenen Burgundern und Bordeaux, das einen eigenen Parkplatz besass,
auf dem zwar jetzt nur wenige Wagen standen, vom
~~Die Wagen besetzten auch jetzt den Parkplatz~~
Schnee wie mit einem dichten weichen Teppich bedeckt. Auf der anderen Seite der Strasse war ein weiterer Parkplatz, auf ihm standen drei Lastwagen. Der Kommissär betrat das Gasthaus, doch ging er
~~fast vollständig. Doch ging der Kommissär~~
nicht in den heimatlich vornehm gepflegten
jene
Speisesaal, wo ~~die Gäste aus der Stadt~~ dinier-
ten, die sich etwas Besonderes leisten wollten,
Gaststube
sondern in den ~~Raum~~, wo die Lastwagenführer
sassen und einige Bauern aus der Umgebung
jassten. Sie schauten nicht auf. Der Kommissär
setzte sich beim Ofen in die Ecke, ei~~ne~~ junge,
schlanke Kellnerin mit hellbraunem Haar und
Sommersprossen an den Armen, die hinter der Theke hervorkam, stutzte einen
Der bestellte
Augenblick, ~~als sie den~~ Kommissär ~~bemerkte~~,
~~worauf der, indem er sich erinnerte, wo er~~
~~die Kellnerin schon getroffen hatte,~~ zwei

Spiegeleier, Brot und einen Dreier Beaujolais ~~bestellte~~. "Aber nicht zu kalt." fügte er bei. betrat die Gaststube
~~Nach der Kellnerin kam~~ die Wirtin, tat, als ob sie den Kommissär nicht bemerkte und verschwand wieder. Darauf brachte die Kellnerin die Spiegeleier, das Brot und den Wein .

"Wie geht's, Fräulein Rammler ~~Ganghofer~~?" fragte der Kommissär.

"Nennen Sie mich ruhig, wie mich immer noch alle nennen" sagte sie mürrisch.

"Wie geht's, Clair~~ette~~?" fragte der Kommissär.

"Es geht mir so, dass es Sie nichts angeht." antwortete die Kellnerin und setzte den Teller mit den beiden Spiegeleiern auf den Tisch. 'Was hat denn so blöd gaffend direkt vor dem Eingang?' fragte er, weiterkauend.

Dann kam der Wirt, zögernd, nahm dem Kommissär gegenüber Platz.

"Hm ~~So~~," meinte der Kommissär, "die Clair~~ette~~ arbeitet also bei Ihnen ~~haben Sie also angestellt~~, Herr Bottiger."

"Hat sie was angestellt?" fragte Bottiger.

"Übermorgen bin ich ~~Ich bin seit heute abend~~ pensioniert." entgegnete der Kommissär.

"Sie ging auf den Strich." sagte der Wirt, "ich weiss es schon. Und manchmal liess sie ein Portemonnaie mitlaufen. Aber sie serviert nur in der Wirtschaft und wohnt nicht hier."

Der Kommissär ass seine Spiegeleier, tunkte Brot hinein. "Ein schönes neues Restaurant haben Sie sich da aufgebaut, Herr Bottiger." bemerkte er.

"Das alte war gut versichert." sagte der Wirt.

"Zu gut versichert" meinte der Kommissär.

"Clair~~ette~~, noch einen ~~Dreier~~ [Halben] Beaujolais [Und mir auch ein Glas]

befahl der Wirt.

Die beiden Männer schwiegen. [Der Kommissär schaute nach der Tannenreihe, hinter der die Schwärze der Nacht wie eine Mauer stand. Fremd, abweisend und undurchdringlich.

"Schneit es noch?" fragte er.

"Es schneit und schneit" antwortete der Wirt. "Es nimmt mich nur wunder, wie die Gäste in die Stadt zurückkommen."

"Nicht meine Sorge" antwortete der Kommissär]

Die Kellnerin mit den Sommersprossen an den Armen brachte den ~~Dreier~~ [Halben und das Glas für den Wirt, schenkte beiden ein] und der Kommissär reichte Herrn Bottiger einen kleinen, schwarzen Gegenstand über den Tisch.

"Was soll das sein?" fragte der Wirt.

"Ein vom Feuer verbogenes Feuerzeug." antwortete der Kommissär. "Ihr Feuerzeug, Herr Bottiger.

Der Wirt leerte sein Glas Beaujolais und meinte, ~~draussen sei ein Sauwetter~~ [es gebe einen langen Winter].

"Mein alter Chevrolet [Impala] kam einige Male ins Rutschen." berichtete der Kommissär.

"Ich fahre einen Mercedes 220" sagte der Wirt "einen automatischen".

"Das können Sie sich jetzt ja leisten, Herr Bottiger," stellte der Kommissär fest "übrigens muss ich Ihnen gratulieren, Sie sehen besser aus als früher.

"Ich trinke weniger." entgegnete der Wirt und schob dem Kommissär das Feuerzeug wieder zu. "Das gehört mir nicht." sagte er.

Der Kommissär leerte sein Glas ebenfalls.

"Nach dem Brand, Herr Bottiger, untersuchte ich die Brandstätte, Sie werden sich erinnern. Dabei fand ich dieses Feuerzeug in den Ueberresten des verbrannten Hauses, dort, wo der Schopf stand. Ich liess die Ueberreste analysieren. Das Heu war mit Benzin übergossen worden."

"Der Beaujolais schmeckt mir nicht." sagte der Wirt. "Trinken Sie mit mir eine Flasche La Tour, mise en bouteille au Château. 1970"

"Gern." sagte der Kommissär.

Die Kellnerin brachte die Flasche.

"Er ist gut temperiert." sagte der Wirt. "Ich trinke zum ersten Mal solchen Wein. Nur Gäste, die sich ihn leisten können, trinken ihn.

"Jetzt können Sie sich ihn leisten" sagte der Kommissär.

"Das erste und das letzt Mal" brummte der Wirt und entkorkte die Flasche selber, goss sorgfältig in zwei Bordeauxgläser ein.

"Vortrefflich!" lobte der Kommissär ~~und schaute nach dem Fenster. Draussen schneite es noch immer.~~

"Pouillac." meinte der Wirt verlegen.

Der Kommissär kostete den Wein aufs neue. Er kenne sich in teuren Weinen nicht aus, bemerkte er.

"Der beste Bordeaux, den es gibt, meiner Meinung nach." sagte der Wirt und seine Stimme klang traurig.

"Haben Sie auch Zimmer, Herr Bottiger?"

"Auch."

"Ich übernachte hier." sagte der Kommissär. 'Haben Sie mir ein Pijama? Ich habe nichts bei mir. Ich bin einfach losgefahren!'

Der Wirt schwieg.

'Einfach so?' fragte er nach einer Weile.

'Einfach so' sagte der Kommissär.

'Sie können einen meiner Pijamas haben,' sagte der Wirt nachdenklich.

Der Kommissär lehnte sich zurück

"Trinken wir den Château La Tour zu Ende." Und noch eine Bitte, Herr Bottiger. Hier mein Wagenschlüssel. Im Kofferraum befinden sich zwei Winterpneus. Lassen Sie die mir doch

sagte er

morgen aufmontieren. Die Garage ist ja nicht weit.'

Am nächsten Morgen, als der Kommissär vor die Türe des Gasthofes trat, war es eiskalt, obgleich die Sonne schien. Es hatte in der Nacht noch mehr geschneit, aber jetzt hatte die Bise eingesetzt. Sein Wagen war schon vorgefahren, die Winterpneus montiert. Neben dem Kommissär tauchte der Wirt auf.

"Trinken wir noch eine Tasse Kaffee?" fragte Herr Bottiger.

"Gern," antwortete der Kommissär, "diese Hundskälte ist zu früh gekommen."

Was habe ich Ihnen gestern gesagt
~~Es werde einen strengen Winter geben~~, meinte der Wirt; Es gibt einen strengen Winter habe ich gestern gesagt.

"Im Gegenteil." antwortete der Kommissär und setzte sich hinter den Tisch am Ofen. Der Winter werde milde sein, ~~zu frühe Kälte~~ Viel Schnee auf einmal sei kein gutes Zeichen für einen anständigen Winter, schon bald werde es wärmer, der Regen werde einsetzen und so werde es den ganzen Dezember über bleiben

"Café complet?" fragte der Wirt.

Er trinke nur einen Milchkaffee, meinte der Kommissär. Die Wirtin servierte, sonst war niemand in der Gaststube.

"Wollen wir nun gehen?" fragte der Wirt, als der Kommissär seinen Milchkaffee ausgetrunken hatte.

"Wir?" fragte der Kommissär und betrachtete den Wirt nachdenklich. "Was meinen Sie mit 'wir', Herr Bottiger?".

Der Wirt schwieg eine Weile. Dann sagte er langsam: "Ich gebe es ja zu, dass ich die alte Pinte niedergebrannt habe. Sie können mich abführen, Herr Kommissär, ich bin bereit und auch meine Frau ist bereit." Deshalb sind Sie doch gekommen

"Ich habe meinen Mann dazu angestiftet." sagte die Wirtin und setzte sich zu ihnen

"Vor einem Jahr," ~~entgegnete~~ sagte der Kommissär, ~~"als mein Magen noch in Ordnung war,~~" habe ich oft in Ihrem Gasthaus gegessen, Frau Bottiger. Es ist eine fantastische Fressbeiz geworden. Ihr beide habt etwas aus der Feuersbrunst gemacht. Dass dabei die Versicherung gerupft wurde, zugegeben - doch floriert sie deshalb weniger? Ich habe so viele Menschen in meinem Leben verhaftet, dass ich, weiss der Teufel, es manchmal als meine moralische Pflicht angesehen habe, hin und wieder jemanden nicht zu verhaften. Sehen Sie, Herr Bottiger, ich kannte einmal einen Pfarrer, der jedes Jahr den zehnten Teil seines Einkommens in eine besondere Kasse tat, in die Armenkasse, und so habe ich denn auch immer ~~zehn Prozent~~ jeden Zehnten meiner Verbrecher in eine besondere Kasse getan, in meine Ungerechtigkeitskasse. Hier, Herr Bottiger, Ihr Feuerzeug. Werfen Sie es irgendwo in den Wald. Die Expertise über das mit Benzin übergossene Heu ist längst vernichtet. Und nun geben Sie mir die Rechnung fürs Essen, für den Dreier Beaujolais, fürs Uebernachten und für den Pneu-

Er sei nicht deshalb gekommen, antwortete der Kommissär. "Warum denn?" fragte der Wirt. "Ich sagte es Ihnen, Dr. Bottiger, ich bin einfach so gekommen." sagte der Kommissär und trank bedächtig Milchkaffee. Dann schaute er auf.

wechsel, damit wir uns nichts schuldig bleiben. Zum Châteaù La Tour gestern abend und zum Milchkaffee heute morgen haben Sie mich eingeladen und dafür danke ich Ihnen auch recht schön."

Er lenkte den alten ~~Chevrolet~~ Impala nicht auf die Hauptstrasse, sondern wählte eine Nebenstrasse, die in den Wald hineinführte. Ueber die Strasse war schon ein Schneepflug gefahren, doch als er in einen Waldweg einbiegen wollte, erwies sich dieser als unpassierbar. Der Kommissär verliess den ~~Chevrolet~~ Impala, verschloss ihn und stapfte durch den Schnee in den Waldweg hinein. Die Tannen waren weiss, der Kommissär, der die Natur hasste, kam sich vor, als arbeite er sich durch eine ungeheure Zuckertorte. Sein Mantel gab ihm zwar warm, doch der Schnee war in seine Schuhe gedrungen. Er stapfte mit nassen Füssen hindurch. Eine Frau kam ihm entgegen, in hohen Stiefeln und in einem schwarzen Persianer.

"Guten Morgen, Clai~~rette~~!" ~~sagte~~ grüsste der Kommissär, "Sie wohnen ~~also~~ bei Feller?"

"Sie wollen zu ihm?" fragte Clai~~rette~~. Ihre Züge waren streng, aber sie war immer noch ein schönes Mädchen, wenn es auch dem Kommissär eigentlich schwer fiel, sich zu erklären, warum ihm Clai~~rette~~ so ausser~~ordentlich~~gewöhnlich gefiel.

"Es scheint Ihnen gut zu gehen, Clai~~rette~~." sagte der Kommissär.

"Was wollen Sie bei Feller?" fragte ~~Clairette~~ sie.

Der Kommissär betrachtete ~~sie~~ die Frau nachdenklich.

"Feller und ich sind alte Freunde." antwortete er endlich.

"Davon weiss ich nichts." sagte sie.

"Feller auch nicht." lachte er und stapfte weiter.

Sie sah ihm misstrauisch nach, bis er hinter der nächsten Tannengruppe verschwunden war, dann rannte sie in den Wald hinein. Sie kam schneller vorwärts als auf dem Waldweg, weil unter den Tannen weniger Schnee lag, nur bei einer kleinen Lichtung fiel sie hin. Jemand half ihr auf. Es war der Kommissär.

"Gehen Sie ruhig zu Ihrer Arbeit beim ~~Herrn~~ Bottiger, ~~Fräulein~~ Clair~~ette,~~" sagte er, "dem Feller wird nichts geschehen. Ich versprach es ihnen.

Clair~~ette~~ schaute den Kommissär an. ~~Sie war totenbleich~~.

"Wenn Sie es sagen." murmelte sie fast unhörbar.

"Ich sage es." antwortete der Kommissär und schaute ihr nach, wie sie im Walde verschwand. Dann watete er durch den Schnee weiter.

Fellers Autofriedhof erreichte der Kommissär eine Viertelstunde später. Die zerquetschten, verbeulten, auf jede Weise beschädigten oder dann einfach wieder uralten, längst aus der Mode gekommenen und halb abmontierten Automobile sahen unter der Schneedecke in der grossen Waldlichtung bizarr aus und der Kommissär bemerkte mit Befriedigung, dass es sich der Hauptsache nach um Lastwagen handelte. Er ~~steckte sich eine Little Rose of Sumatra in Brand,~~ stapfte ~~dann~~ aufs Haus zu. Feller sass auf einem alten Traktor, womit er einen noch älteren Lastwagen in eine Baracke abschleppte.

"Morgen, Feller!" grüsste der Kommissär.

Feller stieg vom Traktor, kratzte sich am Kopf und fragte: "Wer sind Sie denn?".

"Das weisst Du ganz genau, ~~wer ich bin~~." antwortete der Kommissär.

"Na ja." brummte Feller, "es kommt mir so vor, Sie könnten der Kommissär von der Kantonalpolizei sein."

"Gehen wir hinein." sagte der Kommissär.

"Gehen wir hinein." sagte Feller.

Sie betraten das Haus und gingen durch einen Korridor. Die Türe zum Wohnzimmer stand offen. Die Küche sah ordentlich aus. Clair halte das Haus gut in Ordnung, stellte der Kommissär fest.

"Ein prima Mädchen." meinte Feller, schaute dann den Kommissär misstrauisch an. "Hat sie wieder mal in der Stadt - ich meine, liegt wieder mal etwas gegen sie vor?"

"Nein." antwortete der Kommissär

"Ich würde sie trotzdem heiraten." sagte Feller.

"Das würde ich auch, an Deiner Stelle." pflichtete ihm der Kommissär bei. ~~Sie~~ setzten sich an den Küchentisch. Auf dem Herd stand über einem kleinen Feuer eine Kanne.

['Aber heiraten ist ja nicht mal modern' meinte Feller 'In deinen Kreisen schon' korrigierte der Kommissär Sie]

"Kaffee?"

"Gern."

Feller schenkte aus der Kanne den Kaffee in zwei grosse, blaue Tassen ein. Der Kommissär zog die Schuhe aus und hielt die Füsse gegen den Herd.

"Kirsch?" fragte Feller und holte eine Chiantiflasche vom Regal

"~~Nein.~~" Warum nicht' nickte der Kommissär

"~~Ich nehme einen~~ Er ist prima." sagte Feller. In den Kaffee?

"~~Den~~ wirst Du nötig haben." stellte er fest

"Sie sind also meinetwegen gekommen." ~~stellte~~ ging es Feller ~~fest~~ auf.

"Deinetwegen." bestätigte der Kommissär

Die Beiden schwiegen.

"Sind Sie allein gekommen?" fragte Feller.

"Allein. Niemand weiss, dass ich bei Dir bin, niemand, ausser Clair~~ett~~e." sagte der Kommissär

['In den Kaffee' Feller goss Kirsch in den Kaffee Der Kommissär kostete. Den Kaffee mit']

"Niemand, ausser Claire~~tte.~~" wiederholte Feller und schnappte ein grosses Klappmesser auf. "Und die wird schweigen."

Feller schnitt sich mit dem Klappmesser sorgfältig ein grosses Stück von einem länglichen Brot ab, holte Käse, schnitt sich ebenso sorgfältig ein Stück heraus und schnappte das Klappmesser wieder zu.

"Was wollen Sie bei mir?" wollte er wissen

Der Kommissär trank den Kaffee ebenso bedächtig, wie Feller das Brot und den Käse geschnitten hatte. "Feller," sagte er, "ich bin morgen pensioniert ~~worden~~ und als Pensionierter muss ich mein Hobby haben. Nun, mein Hobby ist, meine unerledigten Fälle zu besuchen."

Feller schnappte sein Klappmesser wieder auf. "Sie wollen Ihre unerledigten Fälle erledigen?" fragte er ruhig, "das würde ich bleiben lassen."

Der Kommissär hielt ihm die leere Tasse hin. "Besuchen, nicht erledigen." sagte er. "Ich bin bloss neugierig, wie es Ihnen geht."

"Man weiss nie so recht, was Sie eigentlich wollen." antwortete Feller, schenkte dem Kommissär Kaffee ein, goss aus der ~~holte eine~~ Chiantiflasche Kirsch dazu ~~von der er sich Kirsch in den Kaffee goss.~~ "In der Chiantiflasche hält sich der Kirsch gut." erklärte er.

"Kirsch schmeckt in jeder Flasche gut." sagte der Kommissär, "gib mir doch auch einen!"

Feller gehorchte. ~~Dann~~ Und griff ~~er~~ wieder nach

dem ~~offenen~~ Klappmesser. "Sie sind ein kurioser Mann und reden kurios." meinte er ~~und schob sich mit dem Messer Käse in den Mund.~~ "Ihre unerledigten Fälle besuchen! Ich bin keiner Ihrer unerledigten Fälle. Ich weiss wirklich nicht, was Sie von mir wollen."

klappte das Messer auf, schnitt bei davon eine neue Portion Käse zurech

"Mit Dir einbrechen." antwortete der Kommissär.

Feller schnappte das Klappmesser wieder zu und beteuerte, er habe noch nie eingebrochen.

Der Kommissär trank den Kaffee mit dem Kirsch. "Feller," erklärte er ihm ~~dabei~~, "wir Kriminalisten befolgen eine bestimmte Regel, die zwar nicht gerade ein Gesetz ist, sondern mehr eine praktische Arbeitshypothese."

"Mir zu hoch." sagte Feller.

"Nun, wir nehmen an, dass jeder Verbrecher stets mit der gleichen Methode arbeite." erklärte der Kommissär geduldig

"So, das meint Ihr." stellte Feller trocken fest, ass Brot und Käse und goss sich aus der Chiantiflasche wieder Kirsch ~~ein.~~ in den Kaffee

"Einen schönen, roten Afghan hast Du da im Korridor; im Wohnzimmer liegen zwei Kirman und ich wette, dass ich noch weitere Teppiche finden würde, einen Isfahan und einen Buchara." sagte der Kommissär und goss sich ebenfalls Kirsch ~~ein.~~ in den Kaffee

"Sie können ja nachschauen." sagte Feller.

"Ich glaube, das ist nicht nötig." antwortete der Kommissär, "weil ich die Teppiche finden würde.

"Das würden Sie." sagte Feller und schnappte das Klappmesser wieder auf.

"Das würde ich." bestätigte der Kommissär,

"Sie reden chinesisch." sagte Feller.

"Der Teppich, der da als Schmuck an der Korridorwand hängt, ist chinesisch." antwortete der Kommissär.

Feller hielt das Klappmesser immer noch aufgeschnappt in der rechten Hand.

"Sie glauben wohl, ich stehle Teppiche?" fragte er ~~spöttisch.~~ Und strahlte der Kommissär siegesbewusst

"Ich glaube, Du stiehlst Geldschränke." ~~sagte~~ antwortete der Kommissär.

"Siehst Du, Feller," fuhr der Kommissär fort und Feller sass ihm immer noch gegenüber am Küchentisch, unbeweglich vor seiner Kaffeetasse, vor seinem Brot und vor seinem Käse, "siehst Du, Feller, es gibt eine Reihe von Fällen, die wir von der Kantonalpolizei nie aufgeklärt haben. In Zäziwil wurde aus einer Schokoladenfabrik ein Geldschrank geklaut, in Wildisbach aus dem Hause des Gemeindeschreibers, aus der Ersparniskasse in Maidorf, bevor sie renoviert wurde, aus dem Büro einer Grossägerei in Hüttligen - nun, alles habe ich nicht mehr im Kopf."

mit Kirsch darin und fast keinem Kaffee mehr

"Was soll das mit meinen Teppichen zu tun haben?" fragte Feller und goss sich Kirsch in die nun leere Kaffeetasse.

wieder

"Die Räume, aus denen die Geldschränke gestohlen wurden, waren die Privatbüros der Direktoren und lagen im zweiten Stock oder im Hochparterre." erklärte der Kommissär.

"Na, und?" fragte Feller.

"Ein Geldschrank ist verdammt schwer." gab der Kommissar ihm zu bedenken.

"Na, und?" fragte Feller wieder und trank Schnaps.

"Schwer und solid." ergänzte der Kommissär. "Es ist nicht leicht, einen Geldschrank in einem Büro aufzuknacken. Dazu gehören Fachmänner."

"Ich bin kein Fachmann." sagte Feller und trank weiter Kirsch.

"Eben." sagte der Kommissär. "Deshalb wähltest Du eine andere Methode."

"Die wäre?" Langsam wurde Feller halsstarrig.

"Alle Gebäude, aus denen ein Geldschrank gestohlen wurde, lagen an einer Bahnlinie." Der Kommissär liess sich nicht beirren:

"Zufall." sagte er Feller schüttelte den Kopf:

"Ich weiss nicht." sagte der Kommissär. antwortete "Wenn man nachts die Teppiche im Büro des Direktors auf einen Lastwagen breiten, würde und im Augenblick, wenn ein Güterzug vorüberfährt den Kassenschrank durchs Fenster oder über den Balkon auf den Teppich kippen würde, ginge der Lärm beim Vorbeifahren des Güterzuges unter. Dann könnte man den Geldschrank irgendwo in einen Wald oder eine einsame Ebene fahren und dort ungestört öffnen."

"Könnte man." sagte gab Feller zu und schloss die Chiantiflasche.

"Die Geldschränke wurden alle gefunden," sagte der Kommissär, "alle an einsamen Stellen."

"Beweisen Sie mal, dass ich was damit zu tun habe." sagte Feller und betrachtete aufmerksam sein Klappmesser. "Das wird weder Ihnen, noch der Kantonalpolizei gelingen."

"Feller," antwortete der Kommissär, "zu Deinem Glück kennst Du die moderne Kriminalistik nicht. Du würdest staunen, was die

Fachleute alles herausbrächten, wenn sie Deine Teppiche untersuchen würden und ausserdem wären noch die Bestohlenen da. Die würden Deine Teppiche auch wieder erkennen."

Feller schwieg.

"Kommissär." sagte er endlich.

"Feller?"

"Seit wann wissen Sie, dass ich diese Teppiche besitze?"

Der Kommissär lachte. "Die ersten Einbrüche geschahen vor vier Jahren. Vor zwei Jahren, kurz vor meiner Erkrankung, bin ich einmal in diesem Wald sonntags herumgestrichen. Nun, da stöberte ich Deinen Autofriedhof mitten im Walde auf, was ich reichlich seltsam fand. Mit Recht. Als ich zwei Tage später nachts zurückkehrte, sah ich Dich mit einem Lastwagen abfahren und habe darauf das Haus durchsucht. Da fielen mir die Teppiche auf. Es waren bedeutend weniger und Clairette hattest Du damals auch noch nicht im Haus."

Der Kommissär schwieg. Feller starrte in seine leere Kaffeetasse und dann meinte der Kommissär, in der gleichen Nacht sei in Konigen eingebrochen worden. In der Mohammedanermission, an der Burgdorf-Thun-Bahn.

"Mohammedaner." antwortete Feller, "sind ohnehin schwer zu bekehren."

"Der Geldschrank der Mohammedaner-Mission wurde trotzdem gestohlen. Er wurde am Bach zwischen Oberdiessbach und Kiesen aufgefunden.

"Scheisse." sagte Feller.

bis hier

Ein Mann erschien in der Türe. Riesig. In einem schwarzen Ledermantel, der mit einem rot ~~gelb~~ gefärbtem Lammpelz gefüttert war. Er starrte den Kommissär verblüfft an und dann sagte er auch "Scheisse".

"Guten Tag, Keller." grüsste ihn der Kommissär. "Haben Sie was zu rauchen, Feller?" ~~Dann hielt er Feller die Kaffeetasse hin. "Giess mir noch einmal Kaffee und Kirsch ein."~~

Feller ~~gehorchte.~~ schob ihm eine Schachtel Brissagos hin und sagte

"Der Kommissär weiss alles." ~~sagte er.~~ Dann nahm er auch eine Brissago aus der Schachtel

"Scheisse." meinte Keller wieder.

"Dein Vokabular scheint ziemlich zusammengeschrumpft, Keller," sagte der Kommissär, "damals in Thorberg war es anders."

Keller grollte.

"Die vier Jahre Thorberg verdanke ich Ihnen."

"Ein richtiger Verbrecher lässt sich nicht schnappen," entgegnete der Kommissär trocken, nachdem er sich kunstgerecht die Brissago angezündet hatte "Du bist nur ein kleiner Verbrecher."

Keller höhnte. "Dann sind Sie wohl auch nur ein kleiner Kommissär."

"Ein ganz kleiner." ~~sagte~~ antwortete der Kommissär.

"Ich weiss nicht." sagte Feller.

Keller wurde nachdenklich.

"~~Mir auch~~ Gib mir einen Kirsch." sagte er endlich.

"Lieber nicht." gab der Kommissär zu bedenken. Keller habe heute noch zu fahren, worauf ~~Keller~~ dass er zum dritten Mal sein Hauptvokabular gebrauchte.

Feller spielte mit seinem Klappmesser. Der Kommissär wolle mit ihnen einbrechen, er sei pensioniert. Erst von Morgen an, präzisierte der K.

Keller dachte nach und wurde argwöhnisch.

"Wir wären schön blöd, in diese Falle zu gehen." sagte er dann.

Feller beschwichtigte ihn: "Niemand weiss, dass er hier ist."

"Wer behauptet das?" fragte Keller

"~~Er~~ Der Kommissär." sagte Feller.

"Fein," antwortete Keller, "dann ist die Angelegenheit erledigt." und liess ebenfalls ein Klappmesser aufschnappen.

"Blödsinn." brummte Feller.

"Wer beweist uns, dass er die Wahrheit sagt?" wollte Keller wissen. Niemand antwortete.

Der Riese in seinem schwarzen Ledermantel dachte aufs neue minutenlang nach und brauchte ein viertes Mal sein Hauptvokabular. Dann hellte sich sein Gesicht plötzlich auf und er erklärte, er habe eine Idee.

"Das befürchte ich schon lange." sagte Feller.

"Wir brechen einfach nicht ein." meinte Keller und war stolz auf seinen Einfall.

Feller seufzte: "Nehmen wir an, der Kommissär habe uns angelogen und die ganze Polizei wisse, dass er bei uns sitzt ~~und Kirsch trinkt~~, sind wir verloren, ob wir nun einbrechen oder nicht, denn der Kommissär besitzt die Beweise, dass wir Kassenschränke gestohlen haben und weiss auch, wie wir sie gestohlen haben. Aber ich glaube nicht, dass der Kommissär lügt, weil er die Beweise schon seit zwei Jahren besitzt."

"Dann legen wir ihn also doch um?" fragte Keller verwirrt.

"Du bist nicht der Hellste." stellte Feller fest und stach sein Klappmesser in die Tischplatte, sodass es senkrecht stehen blieb.

"Wenn er uns nun trotzdem angelogen hat? Haben wir zu unseren Einbrüchen noch einen Mord auf dem Kerbholz und werden lebenslänglich eingelocht. Es bleibt uns nichts anderes übrig, als den Kommissär zu unserem Einbruch heute nacht mitzunehmen.

Keller wandte zum fünften Mal sein Hauptvokabular an.

Dann nahm er sich auch eine Brissago

Gegen halb acht schöpften sie aus einem Topf Fleischsuppe mit Lauch, Rüben, Kohl, Sellerie, Zwiebeln, Knoblauch und Lorbeer, zerschnitten das Suppenfleisch. Jeder ass schweigend. Dazu tranken der Kommissär und Feller aus der Chiantiflasche Kirsch, Keller durfte nicht.

"Die Nacht wird kalt." sagte Feller.

Gegen halb zwölf kam Clair~~ette~~. Sie legte ihren Persianer ab.

"Der stammt von Utzenstein," sagte der Kommissär, "die Privatsekretärin des Direktors liess ihn im Büro neben dem Kassenschrank hängen."

"Weil sie nebenan mit ihrem Chef schlief." antwortete Feller.

Der Kommissär steckte sich eine neue Brissago kunstgerecht ~~Little Rose of Sumatra~~ in Brand.

"Geht Ihr heute Nacht?" fragte Clair~~ette~~.

Feller erhob sich "Jetzt."

Clairette antwortete nichts.

Die drei Männer verliessen die Küche und traten vor das Haus. Draussen hatte es wieder geschneit.

"Wir fahren vor." sagte Feller.

Feller und Keller verschwanden zwischen den schwarzen Ungetümen des Autofriedhofs. Es war eine helle Nacht ~~dunkle~~ Nacht mit einem fast Vollmond ~~Neumond~~, der Kommissär betrachtete den Himmel, den Grossen Bären und den

Kleinen Bären und war zufrieden, dass er trotz des beinah vollen Monds, der jedoch hinter den Tannen stand, das Reiterlein erkannte, doch kam es ihm vor, als ob er das schwache Sternlein besser sah als sonst. Er werde langsam weitsichtig, dachte er, doch das schien ihm zu seiner Pensionierung zu passen.

Ein Lastwagen kam geräuschlos angerollt. Ohne Licht. Er schien ~~in der Dunkelheit~~ gross, wie ein Möbelwagen zu sein. Die Haustür öffnete sich und Licht fiel über den Schnee auf den Führerstand. Der Kommissär spürte den Atem Claire~~ttes~~s.

"Licht aus!" herrschte Feller sie an.

Die Türe schloss sich wieder.

Einer sprang aus dem Führerstand.

"Einsteigen!" befahl er. Es war Keller.

Der Kommissär gehorchte. Im Führerstand sass er zwischen Feller und Keller.

Sie fuhren eine halbe Stunde durch Wälder und Lichtungen, langsam, ~~nur mit Stand~~ ohne Licht, dann hielten sie an. Feller und Keller stiegen aus, der Kommissär aus Neugierde auch, ~~trotzdem~~ obwohl er versehentlich bis zu den Knien in einen Schneewall versank, der sich auf beiden Seiten des Waldweges häufte. Feller und Keller hantierten am Wagen, nahmen dunkle, aus Sackleinwand verfertigte Decken von den Wagenwänden und der Wagendecke. Der Lastwagen sah nun wie ein weisser Möbelwagen aus, der ~~im~~ das Mondlicht widerspiegelte ~~Licht der Sterne schimmerte~~, wenigstens kam es dem Kommissär so vor.

"Was habt Ihr gemacht?" fragte er.

"Der Wagen ist nun weiss lackiert." bestätigte Feller die Vermutung des Kommissärs.

"Mit einer grossen Aufschrift 'Möbeltransport AG'."

"Wozu?" fragte der Kommissär.

"Um aufzufallen." antwortete Feller. Darum wählen wir auch das Mondlicht für unsere Fahrten. Jeder soll uns sehen."

Der Kommissär lachte: "Schlau."

Sie fuhren vom Waldweg mit voll eingeschalteten Scheinwerfern auf einer Landstrasse, verliessen den Wald, durchfuhren einige Dörfer und kamen nach Bern, das sie über die neue Aarebrücke durchfuhren. Am Ende der Brücke stand ein Polizeiwagen mit Locher, von der Stadtpolizei. Sonst waren nur wenige Menschen zu sehen, es ging schon gegen halb eins. Locher hielt sie an. Feller stoppte.

"Stadtlicht einschalten!" befahl Locher.

"Entschuldigen Sie." sagte Feller.

"Weiterfahren!" befahl Locher.

Sie fuhren weiter. "Kannten Sie den Tschugger?" fragte Feller wie beiläufig.

"Einer ~~meiner früheren Untergebenen~~ von der Stadtpolizei, mit dem ich hin und wieder jasse." antwortete der Kommissär trocken.

"Glück gehabt," meinte Keller, "er hat Sie nicht erkannt."

"Umso weniger hätte er Verdacht gefasst." sagte der Kommissär.

"Und hat er nun Verdacht gefasst?" fragte Feller und hielt bei einem Stop.

"Nein," stellte der Kommissär fest, "Locher ist zu harmlos, um sich eine falsche Wagennummer zu merken."

"Woran soll er das merken?" Feller überquerte eine Kreuzung.

"Weil Ihr an Eurem Möbelwagen das Nummernschild des Solothurner-Polizeiinspektors montiert habt." sagte der Kommissär.

"Teufel." brummte Keller.

"Du Trottel!" fluchte Feller, "Du hast diese Nummer gestohlen."

"Na ja," meinte der Kommissär,"sowas merkt eben nur ein erfahrener Tschugger."

Sie fuhren durch Bethlehem. Der Kommissär war neugierig, ob es gegen Murten-Lausanne oder Kerzers-Ins-Neuchâtel ging. Nach Gümmenen bogen sie in die Strasse nach Neuchâtel ein. Nach Ins fuhren sie in Richtung der Strafanstalt Witzwil, hielten kurz vor der Strafanstalt an einem Waldrand an, parkten.

"Hier ist es am sichersten." erklärte Feller.

"Glaube ich auch." bestätigte der Kommissär.

"Leuchte mal!" befahl Feller und Keller hielt eine Taschenlampe, während Feller ein neues Nummernschild montierte.

"Ist das ein besseres?" fragte er den Kommissär.

"Minim," antwortete der, "das Nummernschild gehört dem Freiburger Staatsanwalt."

Feller fluchte, und einen Moment lang schien er Keller verprügeln zu wollen, dann begannen Feller und Keller das Dach und die Seitenwände des Möbelwagens abzumontieren. "Würden Sie uns dabei etwas leuchten?" fragten sie den Kommissär.

"Gerne." antwortete dieser und hielt die Taschenlampe.

Der Wagen verwandelte sich vollständig. Er hatte nun niedere Seitenwände und der Kommissär bemerkte, dass das Innere dick mit Stroh ausgelegt worden war.

"Wir gehen eben raffiniert vor." meinte Feller stolz, dann fuhren sie an der Strafanstalt Witzwil vorbei.

"Da habe ich neun Monate am Gemüseanbau mitgearbeitet." bemerkte Keller, auch nicht ohne Stolz: "Ich war ein ganz guter Gärtner."

Der Kommissär nickte. "Das Gemüse in der Polizeikantine stammte auch immer von hier."

Bei Gampelen bogen sie wieder in die Strasse nach Neuchâtel ein.

Es war kurz vor drei.

"Um vier Uhr fünf kommt der Güterzug." sagte Feller.

Sie fuhren durch Saint-Blaise und hielten kurz nach dieser Ortschaft bei einer Garage. Unmittelbar nach der Garage führte eine Eisenbahnbrücke über die breite Einfahrtstrasse nach Neuchâtel. Die Garage war dunkel, auch die Shell-Lichtreklame war ausser Betrieb. Feller lenkte den Wagen vorsichtig um die Garage herum in den Hinterhof. Er hielt unter einem Balkon. "Beim Balkon befindet sich das

Büro," erklärte er, "klettern wir hinauf."

Sie kletterten vom Lastwagen auf den Balkon. Keller hatte einen Glasschneider bei sich.

"Damit schneide ich einen Kreis in die Fensterscheibe." erklärte er fachmännisch.

Der Kommissär öffnete die Balkontüre. "Dilettantisch," meinte er, "zuerst untersucht man, ob die Balkontüre überhaupt geschlossen ist. Es ist Dir schon zweimal passiert, Keller, dass Du ein Fenster aufgeschnitten hast, obgleich die Türe unverschlossen gewesen ist ~~war~~.

Das habe er immer gesagt, tobte Feller. ~~Obgleic~~h Keller ~~ein Profi sei,~~ bleibe ~~er~~ ein absoluter Anfänger.

Ein Hund begann im Haus, das an die Garage angebaut war und in dem offenbar der Garagist wohnte, zu bellen.

"Seht," sagte der Kommissär, "Ihr redet beide zu laut."

"Wir hauen ab." schlug Feller flüsternd vor.

"Unsinn." sagte der Kommissär.

"Jemand könnte aufstehen und nachsehen." flüsterte Keller und der Kommissär spürte, wie der Kriminelle vor Furcht zitterte.

"Nach drei Uhr steht niemand so leicht auf." beruhigte der Kommissär die Beiden und betrat das Büro.

Feller und Keller waren wieder mutig geworden. Sie hoben ein Gerät, das wie ein zweirädriger Lastträgerwagen aussah, vorsichtig vom Wagen auf den Balkon hinauf, dessen Geländer aus Eisenstangen bestand.

"Kein Problem," flüsterte Feller, "die sind stabil. Leuchten Sie bitte!"

Der Kommissär leuchtete mit der Taschenlampe.

Feller und Keller rollten im Büro den Teppich zusammen.

Es war ein roter Kokosteppich.

"Solche habe ich viele." meinte Feller.

"Ihr stehlt ja auch nicht Teppiche." sagte der Kommissär und leuchtete mit der Taschenlampe.

Feller und Keller breiteten den Teppich auf dem Stroh des Lastwagens aus. Der Kommissär war allein im Büro und schaute sich mit der Taschenlampe um. Neben dem Tresor war eine Türe. An der Türe hing ein grauer Arbeitsmantel. Der Kommissär griff in dessen Seitentaschen, fühlte bei einer Geldscheine, zog sie heraus. Es waren einundzwanzig Tausender. Der Kommissär schob die Geldscheine wieder in die Seitentasche zurück.

Etwas später

Feller und Keller erkletterten aufs neue den Balkon.

"Jetzt kommt der Tresor dran." sagte Feller.

Feller und Keller schoben ihr Spezialgerät an den Tresor, der an der Wand neben der Türe stand, hantierten, hebelten und rollten dann den Tresor auf den Balkon. Dort hebelten sie den Tresor in die Höhe, bis er weit über das Eisengeländer hinausragte.

"Eine geniale Konstruktion," sagte Feller, "von mir erfunden."

"In zwanzig Minuten kommt der Zug." sagte Keller.

"Warten muss man bei unserem Metier können." stellte Feller lakonisch fest.

Die Drei standen auf dem Balkon und warteten.

Es war bitter kalt.

Sie froren jämmerlich.

Der Mond war untergegangen. Die Sterne waren wie gestochen

"Wenn man nur rauchen dürfte." jammerte Keller.

"Maul halten!" zischte Feller

Endlich kam ein endloser Güterzug, donnerte über die Brücke.

Feller und Keller liessen den Tresor über den Balkon auf den Lastwagen hinunterkippen, kletterten dann mit dem Kommissär hinunter. Als sie starteten, rollte der Güterzug noch immer über die Brücke.

Sie fuhren über Ins, Finsterhennen, Sisselen und ins Grosse Moos hinein.

Beim Kanal bogen sie in die Gebüsche und machten sich mit Hammer und Brecheisen an die Arbeit.

Der Kommissär leuchtete ihnen mit der Taschenlampe.

Um zwanzig vor fünf war der Tresor geöffnet. Er enthielt Geschäftspapiere und fünfundzwanzig Franken.

Gegen halb sieben morgens kehrten sie zu Fellers Autofriedhof zurück. Der Wagen sah jetzt wie ein grüner Lieferwagen aus. Clair~~ette~~ erwartete sie. Sie hatte heissen Milchkaffee vorbereitet, Spiegeleier, Brot und Käse.

"Fünfundzwanzig Franken haben wir erbeutet." sagte Feller, dann schwieg er und die andern schwiegen auch, tranken und assen.

"Nun?" fragte Feller.

Der Kommissär schlürfte heissen Milchkaffee.

"Das mit den Nummernschildern will ich vergessen und auch dass ~~den dilettantischen Versuch~~ Keller~~s,~~ ein Fenster auf~~zu~~schneiden wollte, obgleich die Türe unverschlossen war. Vergeben und vergessen. Eine andere Sache ist die Methode, die Ihr bei Eurem Vorgehen anwendet. Zu kompliziert. Das ständige Verändern der Wagenkarosserie unnütz. Ich habe mich oft gefragt, warum in der Regel ~~gewisse Kriminelle~~ so umständlich gearbeitet wird. Weil keine ~~sie nicht~~ wirklichen Profis am Werke sind. Wirkliche Profis arbeiten einfach. Sie wissen genau, dass der Polizei zu wenig Leute und vor allem zu wenig geschulte Leute zur Verfügung stehen, um gegen wirkliche Profis ~~Kriminelle~~ erfolgreich vorgehen zu können. Wenn die Polizei einen wirklichen ~~Kriminellen~~ Profi fängt, ist es ~~meistens~~ Glückssache, lässt sich ein wirklicher ~~Krimineller~~ Profi fangen, hat er ~~meistens~~ Pech gehabt. Alles in allem, Feller und Keller, Ihr seid kriminalistisch gesehen Amateure."

"Das ist hart." sagte Feller. "Diese Kritik schlucke ich nicht ohne weiteres."

"Verdienst Du mehr von Deinem Autofriedhof oder von Deinen Einbrüchen?"

"Vom Autofriedhof." sagte Feller.

"Wie viel mehr?" fragte der Kommissär.

"Viel mehr." antwortete Feller kleinlaut.

"Das glaube ich Dir," sagte der Kommissär. "~~und falls es Dich interessiert~~: neben dem Tresor hing ein Arbeitsmantel an der Türe."

"Und?" fragte Feller ahnungslos.

"Ich hab ihn durchsucht, gestand der Kommissär "In seiner rechten Seitentasche befanden sich ~~ein~~Achtundzwanzigtausend Franken."

"Verflixt." sagte Feller.

"Irgendwie tust ~~Du~~ ihr beide mir wirklich leid." sagte der Kommissär und schlürfte seinen Milchkaffee aus. 'Und ich mir auch. Achtundzwanzigtausend. Soviel würde ein neuer Impala kosten.

'Die Zeiten sind einfach mies', erklärte Keller.

'Die Rezession macht sich eben auch bei unsereiner bemerkbar', klagte Feller. 'Einerseits haben die Kunden kein Geld, andererseits müssen wir verdammt aufpassen, nicht als Terroristen abgestempelt zu werden.'

'Diese Saubande bringt noch die ganze ehrliche Kriminalität in Verruf', fluchte Keller.

'Von den Rauschgifthändlern gar nicht zu reden', beschwerte sich Feller.

'Woher stammen denn die Leute: Aus lauter bürgerlichen Kreisen. Auch die Terroristen.'

'Nein, Kommissär, dass wir keine Profis sind, nehme ich Ihnen nicht ab. Das müssen Sie zurücknehmen.'

'Ich weiss nicht, Feller', sagte der Kommissär.

Nach dem Frühstück wurde der Kommissär müde. Feller führte ihn in ein einfaches Zimmer, an der Holzwand ~~hing~~ der ~~ein~~ Farbdruck eines Ankerbildes. Der Kommissär zog die Schuhe aus und den Rock, legte sich auf die Bettdecke und schlief sofort ein. später ~~Vor seiner Krankheit hatte~~ er wenig geschlafen und war oft nächtelang wach geblieben. Nun überfiel ihn der Schlaf geradezu, oft unvermutet, auch tagsüber, und so schlief er denn den ganzen Tag im Haus beim Autofriedhof im Wald und träumte er ~~dann~~, jemand stehe neben seinem Bett und beobachte ihn und wie er erwachte stand Clair~~ette~~ neben seinem Bett.

Er wollte eigentlich in die Stadt zurück über als verschob er die Abreise auf den Mittag. Er schaute sich im Zimmer um. Die Fensterläden waren geschlossen und über dem Bett hing

"Was wollen Sie hier, Clair~~ette~~?" fragte der Kommissär.

"Sie liegen auf meinem Bett." antwortete Clairette und blickte ruhig auf den Kommissär nieder, der ~~es~~ erst jetzt bemerkte ~~realisierte~~, dass sie im Nachthemd vor ihm stand.

"Wie viel Uhr ist es denn?" fragte der Kommissär, noch zu müde, um nach seiner Armbanduhr zu schauen. Er blickte nur nach dem Fenster. Aber die Läden waren immer noch geschlossen ~~Es war draussen tiefe Nacht~~.

"Mitternacht." sagte Clairette.

"~~Da muss ich ja fünfzehn Stunden geschlafen haben~~ Naja." antwortete der Kommissär. "Kaum bin ich pensioniert verschlafe ich meinen ersten Tag."

"Einbrechen ermüdet ~~eben~~." stellte Clair~~ette~~ fest.

"Ich bin ein alter Mann." sagte der Kommissär und blieb liegen. Er war immer noch müde. "Feller?" fragte er.

"Er säuft mit Keller i~~mmer noch Kirsc~~h in der Küche." sagte sie. "Fünfundzwanzig Franken sind wenig."

Der Kommissär blieb immer noch liegen. "Es ist Zeit, aufzubrechen," sagte er, "ich muss meinen alten ~~Chevrolet~~ Impala wieder finden."

"Draussen regnet es jetzt," sagte Clair~~ette~~, "das Wetter hat umgeschlagen."

Der Kommissär lauschte. "Es stimmt, es regnet." stellte er fest, und dann sagte er: "Nässe schadet mir nichts.", blieb jedoch immer noch liegen. "Mich friert's etwas."

"Mich friert's auch etwas," sagte Clair~~ette~~, "wenn Sie sich ausziehen und unter die Decke kriechen, kann ich mich zu Ihnen legen."

"Hat Sie Feller geschickt, Clair~~ette~~?" fragte der Kommissär.

"Nein, antwortete Clairette," antwortete Clair~~ette~~, "was ich mache, geht ihn ~~jetzt~~ nichts an. Er hat seine fünfundzwanzig Franken und seinen ~~Schnaps~~ Kirsch."

Der Kommissär betrachtete Clair~~ette~~ nachdenklich, die schlank in ihrem weissen Nachthemd und ihren sommersprossigen Armen vor ihm stand.

"Ich habe lange keine Frau mehr gehabt." sagte er.

"Dann brauchen Sie diese Nacht eine." sagte Clair~~ette~~. "Sie waren anständig zu mir und haben verhindert, dass man mich in Hindelbank einlochte; es ist Zeit, dass ich einmal anständig zu Ihnen bin."

- (es goss draussen in Strömen)

Als der Kommissär am nächsten Morgen gegen elf zufrieden in seine Wohnung ~~an~~ in der ~~Alten~~ Gesellschafts-~~berg~~strasse zurückkehrte, fand er ~~im alten Ledersofa seinen Freund,~~ in seinem Arbeitszimmer den Schauspieler Basil ~~Blume~~ Mainz, in tiefem Schlafe vor, offenbar betrunken, ein Eindruck, der sich, wie der Kommissär in die Küche und ins Bad ging, drastisch bestätigte. Dem Kommissär blieb nichts anderes übrig, als Frau Gwander vom untern Stock heraufzubitten, die Schweinerei aufzufegen. ~~Während~~ Frau Gwander hantierte immer noch ~~noch~~ mit dem Kübel, dem Aufwaschtuch und dem Besen ~~hantierte,~~ im Badzimmer herum, kam ein Anruf von seinem alten Chef.

"K~~ommen Sie sofort auf mein Büro!" befah~~l ~~Dr. Lucius Lutz.~~

"Ich bin pensioniert." antwortete der Kommissär und hing auf.

Basil ~~Blume~~ Mainz versuchte, sich aus dem Sofa zu erheben und fiel auf die Knie.

"Ich bin ein Jude," lallte er, "aber ich glaube nicht an den Gott meiner Väter und nach Israel bin ich nicht ausgewandert, weil meine Mutter eine Emmentalerin ~~war~~ ist. Ein Jude aus Emmentalerkäse ist kein echter Jude."

"Blödsinn." sagte der Kommissär.

"Wo bin ich?" fragte ~~Blume~~ Mainz mühsam.

"Bei mir." sagte der Kommissär. 'Um die antisemitischen Gefühle wachzurütteln, die in mir wie in jedem echten Schweizer schlummern.

'Deshalb hasse ich mich auch selbst' klagte ~~Blum~~ Mainz 'auf meinen jüdischen Selbsthass türmt sich der schweizerisch autochthonisch Antisemitismus. Und Antizionist bin ich auch. Als Trotzkist.'

'Vor zwei Wochen bist du noch Anarchist gewesen' meinte der Kommissär.

'Nur ein Charakterlump wechselt nicht alle zehn Tage seine Weltanschauung' behauptete ~~Blum~~ Mainz und stöhnte: Warum bin ich hier?

'Das kommt davon Herr Doktor' wetterte diese 'dass Sie nie die Wohnungstüre abschliessen. Ein Wunder, dass bei Ihnen noch nie eingebrochen ist. Aber bei der Polizei bricht man oft fer- bos nie ein'

Er sei nicht mehr bei der Polizei antwortete der Kommissär, der nebenan im Schlafzimmer die Kleider wechselte.

Im Arbeitszimmer klingelte das Telefon. Der Kommissär hatte dicke rote Socken angezogen. Er hasste Schuhe, zu Hause ging er winters in Socken herum und winters mit blossen Füssen.

Er ging hinüber. Es war Wanzenried: 'Kommen Sie sofort auf mein Büro' kommandierte er.

"~~Weshalb?~~"

"Keine Ahnung." sagte der Kommissär.

"Seit wann?" wollte ~~Blum~~ Mainz wissen.

"Auch keine Ahnung." sagte der Kommissär.

"Wie bin ich denn hereingekommen?" wollte Basil Blume wissen. Der Kommissär überlegte. "Ich habe wohl wieder einmal die Wohnungstüre nicht verschlossen."

"Du hättest nie Kriminalist werden sollen." sagte ~~Blume~~. Mainz

"Das sehe ich ein." ~~sagte~~ gab der Kommissär zu.

"Wir haben uns kennengelernt, ~~wie~~ als ich eines nachts um drei den Kindlifresserbrunnen bestiegen und die Statue angepinkelt habe." überlegte Basil ~~Blum~~ Mainz

"Ich weiss." Der Kommissär nickte

"Der Kindlifresser ist ein Jude. Er ist aufgestellt, ~~mein Volk~~ die Juden zu verhöhnen."

"Ich weiss."

"Auch in dieser Stadt gab es einmal ein Pogrom."

"Ich weiss."

"Im Mittelalter."

"Und wie."

"Es ist mein Recht, die Statue anzupinkeln."

"Sicher."

"Dabei steht die Statue heute unter Denkmalschutz." sagte der Schauspieler und schlief wieder ein, diesmal auf dem Teppich. Das Telephon läutete zum zweiten Mal. Noch einmal ~~Lutz~~ Wanzenried: "Würden Sie bitte sofort auf mein Büro kommen."

sagte er höflicher.

"Ich bin pensioniert." wiederholte der Kommissär und hing wieder auf. Der Schauspieler erwachte aufs neue.

"Rief das Stadttheater an?" fragte er.

"Nein."

"Ich sollte längst auf der Probe sein."

"Offenbar."

"König Lear."

"Ein schönes Stück."

"Ein gewaltiges Stück."

"Wen spielst Du darin?"

"Den Narren."

"Eine schöne Rolle." stellte der Kommissär fest.

"Nicht, wenn sie der Regisseur als die wichtigste Rolle des Stückes ansieht." ~~entgegnete~~ erklärte Basil ~~Blume~~ Mainz.

"Regisseure sind Regisseure." antwortete der Kommissär.

~~Blume~~ Mainz betrachtete den Kommissär nachdenklich.

"Mein Verhältnis zu einer Dreizehnjährigen hast Du auch nicht angezeigt." sagte er.

"Nicht nur Deinetwegen, ~~auch ihres Vaters wegen~~," antwortete der Kommissär ruhig, ~~"das hätte Dich und ihn die Stelle gekostet."~~

"Die Göre hatte mich verführt."

"Ich weiss."

"Sie hat noch andere verführt."

"Ich weiss."

"Die halbe Stadt."

"Etwas übertrieben." sagte der Kommissär.

~~Blume~~ Mani schnarchte wieder. Diesmal im Fauteuil bei der Zentralheizung. Der Kommissär nahm auf dem Ledersofa Platz, dankte Frau Gwander, die brummend mit Kübel, Abwaschtuch und Besen aus dem Bade kam und sich entfernte, zündete sich eine ~~Little Rose of Sumatra~~ kleine schmale Havanna an und studierte den 'Blick', den er unterwegs gekauft hatte. Auf der ersten Seite wurde vom Einbruch in die Garage zwischen Saint-Blaise und Neuchâtel berichtet.

~~Dr. Lucius Lutz~~ Wanzenried, Regierungsrat ~~Von Schwendi~~ Gümmliger und ~~Liechti~~ Rüfenacht betraten das Wohnzimmer, in Regenmänteln.

"Wir haben geläutet." erklärte ~~Lutz~~ Wanzenried.

Der Kommissär sah nicht auf. "Die Klingel funktioniert nicht." antwortete er.

"Deshalb sind wir denn auch eingetreten." meinte ~~Von Schwendi~~ Gümmliger. 'Gruss dich, Rüfenacht' sagte der Kommissär. Rüfenacht war sein Nachfolger. Dann las er

~~Der Kommissär las~~ den Artikel im 'Blick' zu Ende. "Grossartig, dieser Einbruch." ~~sagte~~ meinte er dann. "Pech, dass die Einbrecher die ~~Ein~~ Achtundzwanzigtausend im Arbeitsmantel übersehen haben. Aber im grossen und ganzen verdienen sie kriminalistisch gesehen unseren Respekt."

Die Drei schwiegen, warteten auf die Aufforderung, sich setzen zu dürfen, doch der Kommissär rührte sich nicht.

"Kommissär," begann ~~Von Schwendi~~ Gümmliger endlich, "wir kommen in einer ausserordentlich ernsten

Angelegenheit. Da spielt es jetzt keine Rolle, was diese Einbrecher in Neuenburg gestohlen und nicht gestohlen haben.

"Ich bin pensioniert." sagte der Kommissär.

"Sicher," antwortete von Gümmligen ~~Von Schwendi~~, "trotzdem müssen wir mit Ihnen reden."

"Reden Sie." sagte der Kommissär.

"Unter uns." entgegnete Wanzenried ~~Dr. Lucius Lutz~~ mit einem Seitenblick auf den schlafenden Mainz ~~Blume im~~ Fauteuil bei der Zentralheizung.

"Wer schnarcht, hört nicht zu." sagte der Kommissär.

"Wir müssen trotzdem darauf bestehen."

Der Kommissär weckte Mainz ~~Blume~~ auf. "Du musst gehen, Mainz," erklärte er, "ich habe Staatsbesuch erhalten."

Basil Mainz ~~Blume~~ glotzte die Besucher verständnislos an, erhob sich endlich von seinem Fauteuil, fiel beinahe noch einmal hin, sang: "Wer sinkt, der sinkt halt tief", sagte, er sei eines nachts um zwei auf den Kindlifresserbrunnen gestiegen und habe die Statue angepinkelt, wankte hinaus und schmetterte die Wohnungstüre zu.

"Endlich!" sagte Wanzenried ~~Dr. Lucius Lutz~~.

Die Drei setzten sich in die Fauteuils, die dem Ledersofa gegenüberstanden. Zwischen ihnen und dem Sofa befand sich ein Glastisch.

Rütenacht ~~Liechti~~ zückte das Notizbüchlein. "Er hat den Kindlifresserbrunnen -" sagte er, "das will ich mir notieren."

"~~Ihr wollt~~ Du willst ihn anzeigen?" fragte der Kommissär und runzelte die Stirn.

"Der Kindlifresserbrunnen steht unter Denkmalschutz." ~~sagte~~ kam ~~Dr. Lucius Lutz~~ Wanzenried Rütenacht zu Hilfe.

"Wir sind nicht deshalb gekommen." unterbrach ihn ~~Von Schwendi~~ Regierungsrat Gümmliga ungeduldig.

~~Liechti~~ Rütenacht steckte sein Notizbüchlein erschrokken wieder ein.

"Nun?" fragte der Kommissär.

"~~Liechti~~ Rütenacht, geben Sie ihm die Fotokopie!" befahl ~~Von Schwendi~~ Gümmliga.

~~Liechti~~ Rütenacht gehorchte. Der Kommissär warf einen kurzen Blick darauf und legte die Fotokopie auf den Glastisch.

"Wer hat sie hergestellt?" fragte er.

"~~Liechti~~ Rütenacht." antwortete ~~Lutz.~~ Wanzenried

"Geheim." stellte der Kommissär fest.

"Seine Pflicht." antwortete ~~Von Schwendi~~ Gümmliga.

"Aha." sagte der Kommissär.

"Wo ist das Original?" fragte ~~Von Schwendi~~ Gümmliga.

"Vernichtet." sagte der Kommissär.

"Ohne mich von seinem Inhalt zu informieren." stellte ~~Lutz~~ Wanzenried verbittert fest.

"Ohne." gab der Kommissär zu.

"Ich bin erschüttert." sagte ~~Von Schwendi.~~ Regierungsrat Gümmliga

Die Drei blickten düster vor sich hin.

"Die Moral ist die Grundlage unseres Staates." erklärte ~~Von Schwendi~~ Gümmliga.

"Offenbar." sagte der Kommissär.

"Zum Glück war ~~Liechti~~ Rütenacht da." stellte ~~Lutz~~ Wanzenried fest.

"Leider." sagte der Kommissär.

Schweigen. Draussen begann es wieder zu regnen. Vom untern Stockwerk herauf hörte man Frau Gwanders Grammophon spielen. Die Jupitersinfonie.

"Kommissär," fuhr Von Schwendi endlich fort, "aus dieser Fotokopie eines Verhörs mit einem italienischen Gastarbeiter, das Sie geführt haben, geht hervor, dass dieser junge Mann homosexuelle Beziehungen mit Herrn Regierungsrat Ronald Von ~~Gümligen~~ Rubigen gehabt hatte."

"Und?"

"Diese Entdeckung haben Sie unterschlagen."

"Von ~~Gümligen~~ Rubigen ist unser bester Regierungsrat." sagte der Kommissär.

"War unser bester Regierungsrat." korrigierte Regierungsrat Gümmligen ~~Von Schwendi~~.

Der Kommissär schwieg, faltete den 'Blick' zusammen, steckte sich seine ~~Little Rose of Sumatra wieder~~ neue kleine Havanna in Brand.

"Was soll das heissen?" fragte er endlich.

"Regierungsrat Ronald Von ~~Gümligen~~ Rubigen hat heute demissioniert," antwortete ~~Von Schwendi~~ Gümmligen ruhig, "sein Fall kommt morgen vors Parlament."

Der Kommissär rauchte.

Die Drei erhoben sich. "Geben Sie uns die Fotokopie wieder zurück." verlangte ~~Dr. Lucius Lutz~~ Nanzenried.

Der Kommissär schob ihnen die Fotokopie zu. ~~Von Schwendi~~ Gümmligen nahm sie zu sich.

Die Drei gingen.

"~~Von Schwendi~~ Herr Regierungsrat Gummiger." sagte der Kommissär ruhig.

Der Regierungsrat blieb verblüfft stehen.

"Ich möchte Sie allein sprechen." erklärte der Kommissär trocken.

~~Lutz~~ und ~~Liechti~~ verschwanden.

"Nun Kommissär," sagte ~~Von Schwendi~~ der Regierungsrat kühl, "haben Sie noch weitere Dokumente verschwinden lassen?"

"Sicher."

Es sei am besten, der Kommissär lege ein volles Geständnis ab, meinte der Regierungsrat und setzte sich väterlich wieder auf den Fauteuil dem Kommissär gegenüber. ~~Draussen begann es jetzt zu schneien.~~

~~"Ein Sauwetter." bemerkte Von Schwendi mit einem Blick aufs Fenster.~~

~~"Ende November." antwortete der Kommissär ruhig.~~

~~"Wir werden alt." seufzte Von Schwendi.~~

"~~Blume~~ Mainz hat die Kindlifresserstatue wirklich angepinkelt." sagte der Kommissär.

Der Regierungsrat schaute ihn überrascht an: "Deshalb wollten Sie mich sprechen?"

"Deshalb." nickte der Kommissär. Der Regierungsrat wunderte sich. "Na, und? Man wird ihm ein Strafmandat schikken."

"Das wird man nicht." sagte der Kommissär.

"Die Zeiten haben sich geändert, Kommissär," stellte der Regierungsrat erhaben fest, "Sie sind nicht mehr im Amt."

Der Kommissär schwieg, betrachtete den Regierungsrat. Dann legte er die ~~Little Rose of Sumatra~~ auf den Aschenbecher.

"~~Blume~~ hat noch mehr auf dem Gewissen," sagte er endlich, "~~Blume~~ hatte ein Verhältnis mit einer Dreizehnjährigen."

"Unerhört," regte sich ~~Von Schwendi~~ auf, "~~Mann Gottes~~, Kommissär, auch das haben Sie unterschlagen. Das kann sich auf Ihre Pensionierung ungünstig auswirken. Wir müssen eine Kommission zusammenrufen und Ihren Fall untersuchen."

"~~Mann Gottes~~," antwortete der Kommissär ruhig, "die Dreizehnjährige ~~war~~ die Tochter eines Nationalrats, der jetzt Regierungsrat und Vorsteher des Polizeidepartementes geworden ist."

~~Von Schwendi~~ erhob sich langsam.

"Was werden Sie tun?" fragte er.

"Fürchten Sie nichts," sagte der Kommissär, "~~Liechti~~ war damals noch nicht bei uns. Es existiert keine Fotokopie. ~~Ihr~~ Fall kommt nicht vors Parlament."

"Ich danke Ihnen." murmelte der Regierungsrat.

"Bitte."

"Der Fall Von ~~Gümligens~~ tut mir ausserordentlich leid." sagte der Regierungsrat.

"Daran können wir nichts mehr ändern."

"Nein," sagte der Regierungsrat, "das Parlament - "

"Wissen Sie was?" sagte der Kommissär, "ich

klettere nächstens auf den Gerechtigkeitsbrunnen und pinkle die Statue der Gerechtigkeit an."

Der Regierungsrat antwortete nichts und ging grusslos hinaus.

Nachwort

Das Schreiben von Stücken verhalte sich zum Schreiben von Prosa wie Einatmen zu Ausatmen, sagte Friedrich Dürrenmatt. Unter vielen anderen Polaritäten (Stoff und Form, Bild und Gedanke, Hochsprache und Umgangssprache z.B.) sah er sich auch eingespannt in die, welche der von ihm skeptisch bewunderte Goethe als die zwischen Systole und Diastole erlebte, zwischen Einatmen eben und Ausatmen, Anspannung und Entspannung. Beides hatte seine Tücken. War die Spannung, welche der Dramatiker auszuhalten hatte, die zwischen der Eigendynamik des Stoffs und der dramaturgischen Organisation des szenischen Gleichnisses (vom Personal der Stücke her gesehen: die Spannung zwischen Charakter und Figur), so war das, was Dürrenmatt mit »Ausatmen« meinte, keineswegs die reine Erholung. Ohne die Zwänge des Imaginations- und Organisationsraums Bühne gerate er »ins Stricken«, klagte er. So war ihm der Roman immer eine ambivalente Gattung, eine Hoffnung und eine Angst, als befiele den Bildbesessenen vor dem weiten Feld des Erzählerischen ein horror vacui. Seiner Verehrung für Fontane entsprang kein großer Roman, sondern eine Theaterfigur: Romulus.

Dürrenmatt war ein großer Prosaist, in den dichten frühen erzählerischen Gleichnissen, vor allem aber in der ganz eigenständigen Form von Konzeptprosa, die er ab dem *Mitmacher*-Komplex und dem Israel-Essay *Zusammenhänge* (1973–76) vor allem in der Endlosarbeit an den *Stoffen* (ab 1969) erfand. Ein »Romancier« war er nicht. Von einem »Konigen-Roman« (als ein dürrenmattisches Seldwyla taucht der an Konolfingen erinnernde und es verfremdende Ortsname wiederholt auf, in der Erzählung *Mondfinsternis* ebenso wie im Text dieses Bandes) veröffentlichte er im Rahmen der Werkausgabe 1980 gerade ein Fragment mit vier Kapiteln (*Aufenthalt in einer kleinen Stadt*, datiert mit 1953), von der Groteske *Mister X macht Ferien* einen Anfang und das »Schema einer Fortsetzung« (1957). *Grieche sucht Griechin* nannte er eine »Prosakomödie« (1955). So ist *Durcheinandertal*, diese wilde späte Parabel (1989), eng verflochten mit frühsten Kindheitsgrotesken (die »Mohammedanermission« im heimatlichen Konolfingen) und dem großen Text *Das Hirn* im zweiten Band der *Stoffe*, Dürrenmatts einziger Roman, der nicht »à la bande« entstanden ist: über die listige Verkleidung und das Spiel mit der Trivialform des Kriminalromans, deren Klischees er gleichzeitig erfüllte und sprengte – am brillantesten in *Das Versprechen*, dem »Requiem auf den Kriminalroman« (1957), am radikalsten in *Justiz* (1985). In einer »Nachschrift« gibt der Autor Auskunft über die Entstehung des Buchs: »*Justiz* wurde 1957 begonnen. Ich dachte den Roman in einigen Monaten beendet zu haben. Dann kam die Arbeit am *Frank V.* dazwischen, und die *Justiz* blieb liegen. Spätere Versuche, den Roman wiederaufzunehmen, scheiterten, zuletzt 1980, er sollte den dreißigsten Band meiner Werkausgabe abgeben. Doch ich scheiterte an der Weiterführung der Handlung, ich hatte keine Ahnung mehr, wie ich sie geplant hatte. Im Frühjahr 1985 schlug Daniel Keel die Herausgabe der *Justiz* als Fragment vor. Ich willigte zögernd ein und beschloß, noch ein Hauptkapitel zu schreiben, begann aber dann den Roman umzuschreiben und zu vollenden, wenn auch wohl in einem anderen Sinn als ursprünglich geplant.« Dürrenmatt hat, um ein ihm naheliegendes Bild aus der Önologie zu gebrauchen, dem Wurzelstock eines alten Fragments eine neue Rebe aufgepfropft. Dazu ist es beim *Pensionierten* nicht mehr gekommen. Er erscheint, fünf Jahre nach seinem Tod, in der Form, in die Dürrenmatt im Fall der *Justiz* ursprünglich »zögernd eingewilligt« hätte, wäre er nicht der Lust zu einer grotesken Art literarischer »Übermalung« gefolgt.

Die Gründe, die ihn veranlaßten, das immerhin mehrfach überarbeitete Stück Prosa liegen zu lassen, können wir nur vermuten. Offensichtlicher sind die, die zu dem Plan führten. Er war der Versuch, sich aus einer Krise zu befreien. Dazu war der Kriminalroman ein erprobtes und bewährtes Mittel:

In der Agenda des Jahres 1954 findet sich der undatierte Eintrag: »Roman: Eine der großen Rückzugsmöglichkeiten. (auch bei Glauser).« Und unter dem Datum des 25. Februars 1954 schreibt er seinem alten Freund und Mentor, dem Regisseur und Schauspieler Kurt Horwitz: »Ich bin jetzt froh um Aufmunterungen. Mir geht es nicht gut. Der Arzt stellte viel Zucker fest. Ein Urteil für immer. Ich wußte es schon seit München. Ich schicke mich darein (...). Es heißt arbeiten, wenn es geht, abwarten, wenn es nicht geht. Die Müdigkeit ist oft idiotisch. Den *Engel* will niemand mehr spielen, vielleicht noch das Burgtheater. Berlin hat abgesagt. Einiges im dritten Akt ist noch nicht gelöst, ich hatte bis jetzt noch nicht die Kraft, es zu tun. Für Schifferli arbeite ich an einem Roman [gemeint ist wahrscheinlich der »Konigen-Roman«]. Muß. Nun, das ist alles wohl ein Zeichen, daß ich mich vom Theater zurückziehen soll. Ein Rückzug von Marignano mehr. (...) Großes Theater ist nur vom Theater her zu lösen, nicht vom Schreibtisch, der nur Ausgangspunkt sein darf. Nun bin ich an meinen Schreibtisch gefesselt.«

Eine Rückzugsmöglichkeit war der Roman, eine andere die Theorie. Die

Niederlage, die er mit der Uraufführung von *Ein Engel kommt nach Babylon* im Dezember 1953 erlitten hatte (Hans Schweikart, bei dem *Die Ehe des Herrn Mississippi* so gut aufgehoben war, hatte das Stück als Satire mißverstanden), war schlimmer als alle physischen und materiellen Probleme. Er verarbeitete sie in einer eigenen Poetik: ebenfalls 1954 entstand der Aufsatz *Theaterprobleme*. Er schließt mit einem Absatz, der oft zitiert worden und über die Zeitkritik hinaus (die er auch meint: das Kunstverständnis der Adenauerzeit) bedeutsam geblieben ist: »Die Forderungen, welche die Ästhetik an den Künstler stellt, steigern sich von Tag zu Tag, alles ist nur noch auf das Vollkommene aus, die Perfektion wird von ihm verlangt, die man in die Klassiker hineininterpretiert – ein vermeintlicher Rückschritt, und schon läßt man ihn fallen. So wird ein Klima erzeugt, in welchem sich nur noch Literatur studieren, aber nicht mehr machen läßt. Wie besteht der Künstler in einer Welt der Bildung, der Alphabeten? Eine Frage, die mich bedrückt, auf die ich noch keine Antwort weiß. Vielleicht am besten, indem er Kriminalromane schreibt, Kunst da tut, wo niemand sie vermutet. Die Literatur muß so leicht werden, daß sie auf der Waage der heutigen Literaturkritik nichts mehr wiegt. Nur so wird sie wieder gewichtig.«

Aus einem Rückzugsgefecht war schon Dürrenmatts allererster und berühmtester Kriminalroman entstanden, *Der Richter und sein Henker*. Er selbst hat ihn später als reine Brotarbeit bezeichnet und das Gerücht geschürt, er sei gewissermassen von Folge zu Folge für die Zeitschrift ›Der Beobachter‹ (Dezember 1950 bis März 1951) entstanden. Es kann aber kein Zufall sein, daß Dürrenmatt an eben dem 13. Dezember 1948, an dem er das Manuskript seines magnum opus *Der Turmbau* verbrannte, Walter Muschg nicht etwa diese Selbstverbrennung mitteilte, sondern die Konsequenz daraus: »Jedenfalls dürfen Sie sich nicht wundern, mich nach dem verunglückten Cornichon-Versuch nun bald (wahrscheinlich) als Kriminalschriftsteller kennen zu lernen.« Und am 9. Januar 1949, an denselben Adressaten: »Der Kriminalroman macht mir viel Spaß, besonderes Vergnügen finde ich darin, daß ich in ihm Gelegenheit habe, die ganze Bielerseegegend so en passant kriminalistisch auszuwerten.« Daß im ersten dieser Briefe ein Gespräch über Barlach erbeten wird (ein Freund und Lieblingsautor Muschgs), ist im Hinblick auf den Namen von Dürrenmatts Kommissär eine besondere Pointe.

Bärlach taucht auch in *Der Pensionierte* auf – einmal, als Verschreiber des handschriftlich korrigierenden Autors. Aber auch sonst ist der alte Kriminaler hinter dem pensionierten Fahnder Höchstettler als eine Folie auszumachen. Eine andere ist der Autor selbst, der sich mit diesem Rückzug auf eine schon einmal beerdigte Gattung und ein vertrautes Personal (auch Bärlachs Chef Dr. Lucius Lutz tritt als Höchstettlers einstiger Vorgesetzter noch einmal auf) aus einem blutigeren Marignano zu retten suchte, als es seinerzeit der Einsturz des *Turmbaus* war. Selbstversicherung war wieder einmal dringend, 1969. Es war ein Jahr der Pannen und Unglücksfälle. Bei einem anderen würden wir von einem Schicksalsjahr sprechen. Im Herbst 1968 war Dürrenmatt in die Direktion der »Basler Theater« eingetreten und hatte sich mit einem selbstmörderischen Furor in die praktische Theaterarbeit gestürzt. Zu seinen Polaritäten gehörte auch die zwischen der Einsamkeit des Schriftstellerlebens (der Gefangenschaft am Schreibtisch, von der er im Brief an Horwitz spricht) und der Arbeit im Kollektiv. »Wenn man älter wird«, sagte er damals dem ›Tages Anzeiger‹, »sucht man ein Zuhause, und ein Theater ist eben ein Zuhause.« (Die Familie mag dazu das Ihre gedacht haben.) Der wichtigste Grund aber, weshalb er zur Mithilfe an Werner Düggelins damaligem Basler Neubeginn bereit war, war der Traum, der ihn seit dem Tag verfolgte, an dem er, anfangs der fünfziger Jahre, Brechts Angebot ausschlug, als Dramaturg ans neu gegründete »Berliner Ensemble« zu kommen. Der Traum von einem »eigenen« Theater; die Utopie, an einem Theater nicht nur die eigenen Stücke mehr oder weniger glücklich aufgeführt zu sehen, sondern sie erarbeiten, entwickeln, ausprobieren, ja analog zu Lessings Hamburgischer eine Basler Dramaturgie erfinden zu können. Darum hatte er Brecht immer beneidet.

Dürrenmatts Verausgabung war enorm. Er schrieb (*König Johann* nach Shakespeare, *Play Strindberg*, letzteres zum Teil von Probe zu Probe), er war ein Gesprächspartner für alle und für alle Probleme, er hegte Schauspieler und pflegte Dramaturgen, besuchte die Proben anderer, organisierte Matineen mit und war sich auch für Beiträge in der Theaterzeitung nicht zu schade. Im Frühling 1969 erlitt er, kein Wunder, den Herzinfarkt, den er im Text *Vallon de l'Ermitage* mit soviel Selbstironie beschreibt.

Der Grund für das Zerwürfnis aber, das zur Aufkündigung der Zusammenarbeit mit Düggelin führte, war nicht die Krankheit (sie war allenfalls eine seiner Voraussetzungen). Gründe waren letztlich auch nicht einzelne Auseinandersetzungen, Intrigen und Enttäuschungen, ohne die Theaterarbeit nie abgeht und die auszubreiten hier zu weit führen würde. Der eigentliche Grund war, daß die Bedürfnisse eines Autors andere sind als die der Direktion eines Mehrspartenbetriebs und mittleren Stadttheaters. Brechts »BE« war ein auf den Stückeschreiber maßgeschneidertes Spezialtheater – eines neben vielen in der Großstadt Berlin. Der Basler Dreispartenbetrieb stand unter anderen Zwängen und verlangte ganz selbstverständlich Kompromisse, die Dürrenmatt als Verrat an der Vision *seines* »BE«, seines »Basler Ensembles« erscheinen mußten.

Am 14. Oktober 1969 betrat Friedrich Dürrenmatt mit Rolf R. Bigler, dem Chefredakteur der Wochenzeitung ›Sonntags Journal‹ (deren Mit-Herausgeber FD war) eine Pressekonferenz der Basler Theater und erklärte, er wolle nicht länger »das Havanna-Deckblatt für Murtenchabis« sein (wie das traurige einheimische Kraut genannt wird, das im Berner Seeland als Billig-Tabak gezogen wird). Drei Tage später erschien sein Aufsatz *Mein Rücktritt von den Basler Theatern.* Auch in seiner Rede anläßlich der Verleihung des Großen Literaturpreises des Kantons Bern (25.10.69) war das Scheitern des Basler Experiments ein Thema. Verwunden hat er es zeitlebens nie. Basel, sagte er, sei seine glücklichste Zeit am Theater gewesen und seine schlimmste Theatererfahrung. Mit dem Auszug aus der Basler Direktion begann die zunehmende Entfremdung zwischen dem neben Brecht erfolgreichsten deutschsprachigen Nachkriegs-Theaterautor und seinem Medium, dem Theater. Es folgte noch eine fast verzweifelte Rückkehr ans Zürcher Schauspielhaus, Regiearbeit (*Urfaust, Emilia Galotti*), der Versuch, der Parabeldramaturgie durch eine noch über *Play Strindberg* hinausgehende Formalisierung zu entkommen (*Portrait eines Planeten* – eine dramaturgische Flucht nach vorn), endlich *Der Mitmacher*, Dürrenmatts produktivste Theaterniederlage: indem er in einem immer weiter greifenden Nachwort und einem Nachwort zum Nachwort den Voraussetzungen des Stücks nachging, den Verwerfungen seines Stoffs, begründete er seine späte Prosa (*Mitmacher*-Verarbeitung, Israel-Essay *Zusammenhänge* und die *Stoffe* sind ein zusammenhängender Gesamtkomplex).

Im November 1969 flüchtete Dürrenmatt erst einmal auf eine Reise duch Nord- und Mittelamerika. Auf Papier des Hotels ›Da Vinci‹ in San Juan (Puerto Rico) ist im Nachlaß ein Briefentwurf an Bigler erhalten, von dem einzelne Passagen in die zwischen Januar und März 1970 im ›Sonntags Journal‹ erschienenen *Sätze aus Amerika* eingingen: »Lieber Herr Bigler. Als Friedrich Dürrenmatt am 23. Dez. 1969 im Garten des Hotels ›Sheraton‹ in Puerto Rico an seinem neuen Roman *Der Pensionierte* schrieb, der davon handelt, wie in den ersten Tagen nach seiner Pensionierung ein Polizeiinspektor alle jene Verbrecher besucht, die er im Verlauf seiner langen Tätigkeit aus Humanität und aus Wissen um das Ungenügen der menschlichen Gesetze straflos springen ließ; und als Friedrich Dürrenmatt in seinem Manuskript eben den Polizeiinspektor einem Gelegenheitsdieb gegenüber erklären ließ, ein wirklicher Profi unterscheide sich von einem Amateur durch die Einfachheit und die Schnelligkeit seines Handelns und durch seine vorgeplante Zusammenarbeit mit Eingeweihten, wurde ihm aus dem Portemonnaie seiner Frau seine Armbanduhr, bar 180 Dollar und der Safe-Schlüssel des Sheraton-Hotels gestohlen. Der Kriminalschriftsteller bemerkte zwar den Diebstahl innerhalb von 25 Minuten, ließ sofort den Safe öffnen, doch waren die dort deponierten 2900 Dollar schon verschwunden.

Ein deutschsprechender Manager des Sheraton Hotel Trusts erklärte den Vorfall für unmöglich, gab zu, daß der Schriftsteller ihn als Gangster betrachten könne, räumte ein, daß auch er als Manager den Schriftsteller als Gangster betrachten dürfe, lehnte jedoch jede Haftbarkeit für den Inhalt eines Safes des Sheraton Hotels ab (...).«

Zu diesem Zeitpunkt war *Der Pensionierte* noch eine schlichte Geschichte, der Kommissär ein auferstandener Bärlach (der ja schon, entgegen Dürrenmatts späteren Dementis, ein auferstandener Wachtmeister Studer war): einer jedenfalls, der, mit seiner Karriere am Ende, seine eigene Auffassung vom Recht, genauer, vom Unterschied zwischen Recht und Gerechtigkeit, hat. Das ist, unschwer zu erkennen, das Thema, das sich als Generalbaß durch Dürrenmatts Gesamtwerk zieht (*einer* der Generalbässe): von Bärlach, der sich die Rolle des Richters anmaßt, über Claire Zachanassian, die Rächerin, die Gerechtigkeit spielenden Greise in der *Panne* bis eben zum Roman mit dem Titel *Justiz*, der dieselbe ad absurdum führt. Der Weg, den *Der Pensionierte* durch die in diesem Band dokumentierten Fassungen zurücklegt, zeigt nicht nur Dürrenmatts Arbeitsweise (das stete sisyphelische Wiederbeginnen und Anlaufholen zu Weiterungen), sondern die Brechung einer »naiven« Geschichte, ihre Reflexion. Das Interesse verlagert sich von der Geschichte auf den Stoff, also auf ihren Anlaß. Zum einen ist *Der Pensionierte* ein Stück transitorische Prosa, das in verschiedenen Fassungen den Weg vom (auch nur scheinbaren) Bärlach-Realismus zur Ästhetik des Grotesken in *Justiz* und *Durcheinandertal* belegt. Zum andern ist es ein Beispiel für jenen Vorgang der Aneignung durch Distanzierung, um den es Dürrenmatt im ganzen Komplex der *Stoffe* geht: die Geschichte vom Kommissär, der die Fälle wiederbesichtigt, die er der Gerechtigkeit entzogen hat, wird für den Autor im Lauf der zehn Jahre zwischen erster und letzter Fassung zur Wiederbesichtigung eines unerledigten Falls. Mehr noch. Da dies die zehn Jahre sind, in denen sich Dürrenmatt mit den unbewältigten Stoffen seines Gesamtwerkes befaßt, ist *Der Pensionierte* eine Art ironische Parallelaktion zu den *Stoffen* insgesamt. Die Arbeit an *Die Geschichte meiner Schriftstellerei* (wie die immer mehr sich weitende Inventur eines schriftstellerischen, bildnerischen, denkerischen und biographischen Kosmos ursprünglich hieß) und die Arbeit am *Pensionierten* liefen gelegentlich nebeneinander. Daß sie im gleichen Jahr 1969 einsetzte, ist kein Zufall. Als Hauptgrund dafür, daß *Der Pensionierte* als Fragment liegenblieb, dürfen wir vermuten, Dürrenmatt habe die darin verborgenen Möglichkeiten in anderen Stoffen fortgesetzt: in *Justiz*, in *Durcheinandertal*, aber auch in Teilen der *Stoffe*. Daß der gleiche Blindband (seit dem Schreibmaschinenverbot nach seinem Herzinfarkt benutzte Dürrenmatt vornehmlich gebundene Bände mit leeren Seiten für die ersten Fassungen oder Entwürfe)

Passagen aus der Erzählung *Mondfinsternis* und dem *Pensionierten* enthält, verwundert wenig.

In der ironischen Selbstreflexion, in welcher die letzte Fassung den Autor des Texts selbst zum Thema macht (kein ungewöhnlicher, aber immer wieder produktiver Einfall bei Dürrenmatt: der Kommissär hört bei seiner Fahrt durch den nächtlichen Schneesturm einen Radiovortrag über »einen Schriftsteller, dessen Untergang längst unaufhaltsam geworden sei«), steht, durchaus ernst zu nehmen, was die Initialzündung des Prosastücks war: »Eigentlich habe der Schriftsteller zuerst nur vom Schneesturm geträumt, mit dem die Handlung beginne, sei er doch einmal auf einer Insel der Großen Antillen in einem Hotel in einem Regenwald verschlagen gewesen. (...) Die unentwegt herabstürzenden Wassermassen, sagte der im Radio, das entsetzliche Rauschen der Palmen, mehr einem unaufhörlichen Schleifen von Messern vergleichbar, die naßwarme Luft, durch die er sich damals bewegte, die alles befeuchtete, daß es ihm war, als gebe es keinen Innenraum mehr, als seien die Decke und die Wände seines Zimmers sinnlos, die Eintönigkeit, die Müdigkeit, in der er im immerwährenden Trommeln und Wetzen versank. (...) Als Gegenbild zum triefenden und undurchdringlichen Palmenurwald, der sich damals unter seinem Fenster ausbreitete, in eine Schlucht hinunterwucherte, als Abwehr gleichsam gegen das Dampfbad des höllischen Klimas sei – behauptet der Autor – in ihm die Vision der Fahrt in ein nächtliches Schneegestöber hinein aufgestiegen.« Im Lichtsegment, das die Scheinwerfer der Phantasie und der Erinnerung aus der weiß wirbelnden Nacht schneiden, erscheint nicht nur der Knabe, den er einmal 1957 auf einer Fahrt nach Zürich angefahren hat und zugleich Elsis Milchtansen-Hundeschlitten aus *Durcheinandertal*, sondern auch jener vergessene alte Text (*Mondfinsternis*), in welchem ein riesiger Mann im Cadillac durch die Schneemassen pflügt, zurück in sein Bergdorf, Rache zu nehmen an seinem Nebenbuhler und denen, die ihn gewähren ließen: Walt Lotcher, das männliche Urbild der alten Dame.

Bedarf der Druck eines Fragments im Fall Dürrenmatt keiner Rechtfertigung, drängt sich doch die Frage auf, wie dieser den *Pensionierten*, diese Geschichte eines zum Outlaw und Außenseiter konvertierten Gesetzeshüters, fortgeschrieben hätte. Wie der Leser sich diese zu Ende denken soll. »Ich begann am Roman weiterzuschreiben«, heißt es im 33. der *Sätze aus Amerika*, »obgleich darin noch ein Mord und ein Selbstmord vorkommen sollten.« Der Selbstmord ist absehbar, zu ahnen immerhin, daß vor dem Hintergrund der Gauneridylle das Geschehen in jenen Kreisen seine schlimmstmögliche Wendung finden würde, in denen die Gangster aussehen wie Biedermänner und Säue wie Säulen der Gesellschaft: die bessere Gesellschaft eben der Regierungs- und potentiellen Bundesräte.

»Der Schneesturm«, schwadroniert der Germanist aus dem Autoradio des Kommissärs über den Autor, »ist das Gleichnis einer erstarrten Schöpferkraft, und die Rückkehr zum Kriminalroman ein verzweifelter Versuch, sie wiederzuerlangen (...). Und wenn nun gar (...) der Autor treuherzig gestehe, die Hauptschwierigkeit beim endgültigen Niederschreiben sei die gewesen, daß er, nach den zehn Jahren, die seit der Konzeption und der ersten Fassung vergangen seien, inzwischen das Alter seines Haupthelden erreicht habe, so daß sich für ihn, den Autor, immer mehr das Problem stelle, was mache der Hauptheld denn eigentlich aus dem Rest seines Lebens. Die Kultur im Radio sollte man verbieten, dachte der Kommissär und schaltete ab.«

Nun ja, was er aus dem Rest seines Lebens mache, das war für Dürrenmatt schon eine Frage, 1979. Jedenfalls ist es nicht ganz unerlaubt, im auf der Suche nach seinen verschonten Fällen befindlichen Höchstettler ein Gleichnis für jenen zu sehen, der auf der Suche nach seinen unbewältigten Stoffen den Gesetzen der Phantasie auf die Spur kommen will, also sich selbst. Wer weiß, vielleicht hätte Höchstettler nach dem Plan seines Erfinders hier hauptsächlich einen Fall zu lösen gehabt: seinen eigenen. Daß diese Geschichte vor zweieinhalbtausend Jahren schon einer geschrieben hat, hätte Dürrenmatt jedenfalls nicht daran gehindert, sich ein solches Ende auszudenken.

Peter Rüedi, Juli 1995

Editorischer Bericht

1. Die Überlieferungslage

Die vorliegende Ausgabe basiert auf Materialien, die sich im Schweizerischen Literaturarchiv, Bern, einer Institution der Schweizerischen Landesbibliothek und des Bundesamtes für Kultur, befinden. Nach dem heutigen Stand der Forschung sind folgende, hier in genetischer Abfolge aufgeführte Textzeugen zum Kriminalroman-Fragment *Der Pensionierte* erhalten:

1. Ein durchgehender handschriftlicher Entwurf ohne Datierung, entstanden Ende 1969 während Dürrenmatts Reise durch Nord- und Mittelamerika (vgl. 2. Entstehungsgeschichte). Ein Respektblatt mit dem typoskribierten Titel »Der Pensionierte« wurde später hinzugefügt. Das Manuskript ist in 14 Kapitel aufgeteilt und umfaßt 49 durchpaginierte Seiten (S. 45 übersprungen) eines linierten DIN A5-Blocks; Dürrenmatt hat die Korrekturen durch Radieren und Neuschreiben vorgenommen, wodurch ein durchgehender Text ohne Streichungen vorliegt (*im vorliegenden Band als Faksimile wiedergegeben:* S. 79 ff.).
2. Ein Konvolut von 21 Einzelseiten ohne Datum, auf einem Respektblatt bezeichnet als »Korrigierte Blätter zu DER PENSIONIERTE«, Typoskript der Sekretärin mit handschriftlichen Überarbeitungen des Autors sowie stenographischen Notizen der Sekretärin zu den Kapiteln 1, 2 und 14. Die Seiten sind vermutlich 1971 entstanden. Es handelt sich um Einzelseiten aus einer Typoskriptfassung, die nach handschriftlicher Überarbeitung neu getippt und dann zur Seite gelegt wurden; sämtliche Änderungen gingen in Nr. 3 ein.
3. Ein durchgehendes, paginiertes Typoskript von 52 Seiten mit vereinzelten kleinen handschriftlichen Änderungen des Autors, aufgeteilt in 14 Kapitel. Dem Typoskript, in Dürrenmatts Ablagesystem nachträglich als »Reinschrift 1971« bezeichnet, sind zwei Respektblätter vorangestellt, das erste trägt (von fremder Hand, ev. von der Sekretärin) das handschriftliche Datum »1971«, das zweite den Titel »DER PENSIONIERTE Friedrich Dürrenmatt«.
4. Ein Oktav-Blindband (handschriftliches Arbeitsbuch Dürrenmatts) von

467 beschriebenen Seiten mit Fragmenten diverser Texte aus den Jahren 1976–1979, darin die letzten 5 (unpaginierten) Seiten mit dem betitelten Entwurf eines neuen Anfangs des Romans (als Kapitel I und II: Scheidung von der dritten Frau, Essen mit dem Scheidungsrichter, Besuch bei der ersten Frau). Der Entwurf ist zwischen dem 18.9.1978 und dem 3.5.1979 entstanden, vermutlich nahe bei letzterem Datum (Datum der Überarbeitung einer Abschrift von Kapitel 1 in Nr. 7).

5. Ein zweiter Oktav-Blindband mit 14 beschriebenen Seiten aus der Zeit zwischen 1979 und 1988, darin zum *Pensionierten* die Seiten 1–8 mit einer Überarbeitung und Weiterführung des Neuanfangs von Nr. 4 (beginnend mit dem Schluß von Kapitel I). Die datierten Überarbeitungen in Nr. 7 verweisen auf ein Entstehungsdatum zwischen dem 3. und dem 9.5.1979. Kapitel II und der Anfang von Kapitel III gehen in praktisch unveränderter Abschrift als Einschub in Nr. 8 ein (Kommentar siehe dort).
6. Eine vollständige Fotokopie von Nr. 3 mit zahlreichen handschriftlichen Änderungen des Autors. Die Fassung war in Dürrenmatts Ablagesystem als »Der Pensionierte (1971), Fotokopie (April 1979), Arbeitsexemplar« bezeichnet, die Blätter sind rückseitig von der Sekretärin fortlaufend datiert (14. bis 18.5.1979). Diese Fassung (*im vorliegenden Band als Faksimile wiedergegeben:* S. 131 ff.), ist in sich nicht geschlossen: Der überarbeitete Text setzt ab S. 4 einen anderen Anfang (die erstmals in Nr. 4 auftauchende Scheidungsgeschichte) voraus als das durchgestrichene Kapitel 1 (Rocker Tino). Der fehlende Anfang findet sich in Nr. 7. Die ursprünglichen Kapitel 3–10 wurden zu Kapitel 4–11, was dazu führte, daß nun von Nr. 6 zwei Kapitel 11 vorliegen.
7. Ein Konvolut von Einzelseiten, auf dem Respektblatt mit »Der Pensionierte: Einzelne Korrekturseiten (Mai 1979–Juni 1979)« bezeichnet, umfaßt 8 handschriftliche und 88 Typoskriptseiten mit handschriftlichen Änderungen des Autors (einzelne handschriftliche Seiten Format DIN A5), rückseitig fortlaufend datiert (3.5. bis 22.6.1979). Wie bei Nr. 2 handelt es sich um Einzelseiten, die nach Übernahme der Korrekturen in eine neue Reinschrift beiseite gelegt wurden. Dabei zeigt sich, daß Dürrenmatt eine Fassung nicht linear durchkorrigiert hat, sondern die Überarbeitung stellenweise vorantrieb. Die Redaktion in diesem Konvolut konzentriert sich auf den Anfang und den Schluß des Fragments.
8. Die typoskribierte Reinschrift, auf der Schutzhülle mit »Mai 1979« datiert, übernimmt sämtliche Änderungen von Nr. 7 und wurde folglich frühestens am 22. Juni fertiggestellt. Es handelt sich dabei um den am weitesten gediehenen Textstand (Umfang 93 Typoskriptseiten). Die Reinschrift enthält als Hauptteil einen durchgehenden Text von 83 von

der Sekretärin handschriftlich paginierten Seiten (mit Paginierungsfehlern) in 16 Kapiteln; hinzu kommt zwischen Kapitel 2 und 3 (nach Seite 17 der handschriftlichen Paginierung) ein eingeschobenes Kapitel (maschinenschriftlich paginiert S. 6–14) mit dem Besuch des Kommissärs bei seiner ersten Frau. Dieses Kapitel läßt sich nicht in den restlichen Text integrieren, es entspricht einem früheren Textstand (was sich daran zeigt, daß der Vorgesetzte noch immer Dr. Lutz heißt, von dessen Pensionierung Ende der fünfziger Jahre im 1. Kapitel die Rede war) und schließt inhaltlich und formal an Seiten aus Nr. 7 an; der Einschub bildet eine Variante zu Kapitel 3 der Endfassung, findet jedoch in Kapitel 4 inhaltlich keine Fortsetzung. Die Tatsache, daß die Seiten in den Text der Reinschrift eingelegt wurden, läßt vermuten, daß Dürrenmatt die Szene in einem weiteren Arbeitsschritt wieder in den Text integrieren wollte. *Der Haupttext von Nr. 8 bildet die Grundlage für diese Edition, das eingeschobene Kapitel wurde zugunsten der Lesbarkeit aus dem Text herausgenommen und ist unten (S. 196ff.) in vollem Umfang abgedruckt.*

Zur Zeit der Entstehung der Fragmente zum *Pensionierten* schrieb Dürrenmatt (aus gesundheitlichen Gründen) nur noch mit der Hand; alle Typoskripte wurden von der Sekretärin erstellt. Die handschriftlichen Anteile sind mit Bleistift geschrieben, mit Ausnahme der Blindbände (Nr. 4 und 5) sowie einzelner Seiten von Nr. 6, wo Dürrenmatt schwarzen Kugelschreiber verwendete. Sofern nicht anders angegeben, sind alle Manuskripte vom Format DIN A4.

Eine größere Lücke in der Überlieferung der Textgenese läßt sich nur zwischen Nr. 1 und Nr. 2 feststellen; die Einzelseiten aus Nr. 2 gehen auf eine Reinschrift zurück, die bereits eine Weiterentwicklung gegenüber Nr. 1 darstellt.

2. *Entstehungsgeschichte*

Im Winter 1969/70 befindet sich Friedrich Dürrenmatt auf einer Reise durch Nord- und Mittelamerika und schreibt unterwegs Ende 1969 den ersten Entwurf zum Kriminalroman *Der Pensionierte* (= Textzeuge Nr. 1). Dies belegen die *Sätze aus Amerika* (Nummern 30-33, publiziert am 14.2.1970 im von Dürrenmatt mitherausgegebenen ›Sonntags Journal‹), sowie der damit z.T. wörtlich übereinstimmende Briefentwurf an Rolf R. Bigler (zitiert im *Nachwort* von Peter Rüedi, S. 187f.).

Der Entwurf schließt deutlich an die Bärlach-Romane *Der Richter und sein Henker* (1950) und *Der Verdacht* (1952) an; die Schauplätze sind Bern und das Seeland, der (noch) anonyme Kommissär erinnert an Bärlach: das Alter stimmt überein, es gibt Anspielungen auf eine überstandene Magenkrankheit und Operation, der »Chef« heißt Dr. Lutz, und der Kommissär wohnt wie Bärlach im Altenberg und schließt seine Wohnungstür nie ab. Andere Anzeichen weisen jedoch darauf hin, daß die Handlung nicht mehr 1950 spielt: Der Rocker Tino, der Mercedes 220 Automatik des Wirtes und weitere Details sprechen eher für die Gegenwart von 1969. Im Zentrum der Handlung stehen die Begegnungen des pensionierten Kommissärs mit kleinen Gaunern, die er aus Menschlichkeit laufen ließ.

Vermutlich 1971 wird durch die Sekretärin eine erste Abschrift des Entwurfs erstellt, die Dürrenmatt überarbeitet und erweitert (Nr. 2 und 3). Die Nähe zu Bärlach bleibt bestehen, in einer handschriftlichen Ergänzung (in Nr. 2) nennt Dürrenmatt den Kommissär sogar versehentlich »Bärlach«, und als eine weitere Figur aus den früheren Kriminalromanen tritt Regierungsrat Von Schwendi auf. Als Fortsetzung kommt neu das Gespräch des Kommissärs mit Regierungsrat Von Schwendi und Polizeikommandant Dr. Lutz hinzu. Damit wechselt das Geschehen in eine andere soziale Welt, auf die menschliche Begegnung mit den kleinen Gaunern folgt die Konfrontation mit den intrigierenden Machtträgern.

Am 31. März 1972 notiert Dürrenmatt in seine Agenda: »ganzer Tag im Bett gelesen: Der Pensionierte. Zu meiner Schriftstellerei.« Dann bleibt die Arbeit vermutlich bis zur Wiederaufnahme 1979 liegen.

1979 erfährt der Text zwischen April und Juni entscheidende Veränderungen. In einem ersten Schritt (Nr. 4 bis 6) kommt es zu einer Bereinigung der latenten Anachronismen: Die Handlung wird jetzt deutlich in den siebziger Jahren angesiedelt, es gibt Anspielungen auf Rezession, Drogenhandel und Terrorismus, und man trinkt Bordeaux Jahrgang 1970. Mit diesem Gegenwartsbezug geht eine Abgrenzung vom Personal der Bärlach-Romane einher: Der Polizeikommandant heißt nicht mehr Dr. Lutz, sondern Wanzenried, der Regierungsrat nicht mehr Von Schwendi, sondern Gümmliger, weitere Namen werden geändert; der Kommissär (jetzt Kommissär Schüpbacher bzw. Höchstettler) wohnt neu in der Gesellschaftsstraße im Länggaßviertel und wird mit einer langen Ehe- und Scheidungsgeschichte versehen, wogegen Bärlach Junggeselle war. Verändert wird vor allem der Anfang: An die Stelle der Szene mit Rocker Tino treten die Scheidung Höchstettlers von der dritten (später der siebten) Frau, das anschließende Gespräch mit Scheidungsrichter Ellenberger im Restaurant ›Commerce‹ und Kommissär Höchstettlers Besuch bei seiner ersten Frau (zuerst in Nr. 4).

In einem zweiten Schritt (Nr. 7 und 8) wird 1979 die ironische Auseinandersetzung des Autors mit seiner eigenen Situation im Radiokommentar während der Fahrt durch den Schneesturm eingeführt; die Handlung wird fortgesetzt durch eine fragmentarische Szene (Gespräch Höchstettlers mit Frau Regierungsrat von Rubigen), die auf den von Dürrenmatt in *Sätze aus Amerika* erwähnten Selbstmord (von Rubigens) vorausdeutet. Zudem wird der zeitliche Rahmen, in dem die Handlung spielt, durch die einleitende Rückblende auf die Geschichte der gescheiterten Beförderungen Höchstettlers präzisiert.

Blickt man auf die zehnjährige Textentwicklung zurück, fällt auf, daß Dürrenmatt sich in erster Linie auf die Überarbeitung des bereits vorhandenen Plots sowie auf das neue Profil seines Kommissärs konzentrierte; die Handlung selbst wurde auf den über 330 Seiten der Überarbeitung seit dem ersten Entwurf nur um eineinhalb Szenen weiterentwickelt.

3. Zur Textgestalt

Der vorliegende Band ist keine historisch-kritische Ausgabe; er will dem interessierten Leser anhand der wichtigsten, vollständig vorliegenden Entstehungsstufen des Romanfragments *Der Pensionierte* erstmals Einblick in Dürrenmatts Werkstatt geben und ihm Eindrücke vom Schaffensprozeß vermitteln. Der Band enthält das Ende 1969 entstandene Manuskript, das Typoskript mit handschriftlichen Änderungen des Autors vom Mai 1979 sowie die letzte Reinschrift vom Juni 1979.

Aus Formatgründen mußten das von Dürrenmatt sehr breit genutzte DIN A5-Manuskript sowie das bis an den Rand annotierte DIN-A4-Typoskript leicht verkleinert wiedergegeben werden. Der gesetzte Text der Fassung letzter Hand folgt wortgetreu der Reinschrift vom Juni 1979, mit Ausnahme folgender Korrekturen:

Eindeutige, beim Abschreiben durch die Sekretärin entstandene Tippfehler wurden bereinigt; in Zweifelsfällen wurde die nächstliegende Lesart gewählt und die alternative Lesart in eckigen Klammern angefügt (S. 10, Z. 15: »de*r* Staatsverbrecher« (Reinschrift) → »den [die] Staatsverbrecher«); fehlende Wörter (S. 34, Z. 19: »weiß [der] Teufel«; S. 64, Z. 12: »eingebrochen [worden] ist«) wurden, ebenfalls in eckigen Klammern, ergänzt. Die alte Schreibweise der Berner Straßen (wie z.B. S. 74 »Laubeckstraße« statt wie heute »Laubeggstraße«) wurde beibehalten, ebenso der von Dürrenmatt konsequent phonetisch-mundartlich geschriebene und von der Sekretärin in der Reinschrift übernommene Ortsname Sisselen (statt Siselen, S. 58, Z. 11), sowie die eigentümliche Schreibweise des Namens Clair (statt Claire).

Anna von Planta und Ulrich Weber

Textvariante zu Kapitel 3 der Fassung letzter Hand

Im folgenden ist die in den Text der letzten Reinschrift von Juni 1979 (nach Kapitel 2) eingeschobene, nicht integrierte Variante zu Kapitel 3 in vollem Umfang abgedruckt. Der Ort des Einschubs ist in der gedruckten Fassung letzter Hand auf S. 21 markiert. (Genauere Angaben siehe 1. Überlieferungslage, unter Ziffer 8.)

Nachdem der Scheidungsrichter das ›Commerce‹ verlassen hatte, um seiner Tätigkeit nachzugehen, bestellte der Kommissär noch einen Halben. Im großen und ganzen war er ein mäßiger Mensch, aber hin und wieder »soff« er, wie er zu sagen pflegte, besonders wenn er sich um etwas drücken wollte, und das hatte er vor: Bei seinem Abschied wollte er nicht dabei sein.

Der Kellner meldete einen Anruf, der Kommissär rührte sich nicht, dann kam der Patron und sagte, es sei Dr. Lutz, der anrufe, der Kommissär sagte »zahlen«, leerte sein Glas, zahlte, der Kellner half ihm schweigend in den Mantel, der Kommissär verließ das Lokal, und der Patron sagte ins Telefon, es tue ihm leid, der Kommissär sei schon vor einer halben Stunde gegangen.

In der Gerechtigkeitsgasse trat der Kommissär aus den Lauben, starrte zwischen zwei falsch geparkten Wagen zum Himmel hinauf, blätterte in seinem Notizbuch und tauchte dann wieder in die Lauben hinein und ging die Gerechtigkeitsgasse hinunter zum Nydeckstalden. Dort läutete er an einer Haustüre. Sie öffnete sich, und ein Neger erschien, ein großer junger Kerl.

Der Kommissär stutzte. »Kann ich Frau Pfarrer Blümcken sprechen?«, fragte er.

»Vom Blauen Kreuz?«, fragte der Neger.

»So ungefähr«, antwortete der Kommissär und trat ein.

Der Neger trat verdutzt zur Seite. Der Kommissär befand sich in einem kahlen Raum. An einem Kleiderständer hingen ein schwarzer Hut und ein schwarzer Mantel. Der Eingangstür gegenüber öffnete sich eine Tür, deren Füllung aus Milchglas bestand, und ein weiterer Neger erschien, ebenso groß und jung wie der erste.

»Der ist vom Blauen Kreuz und will zu Mammi«, sagte der erste Neger.

»Ich rufe Mammi«, sagte der zweite Neger.

»Er stinkt nach Weißwein«, sagte der erste.

»Wenn schon«, meinte der zweite, »ich gehe trotzdem Mammi holen«, und verschwand.

Der erste Neger musterte den Kommissär feindselig. »Sie sind nicht vom Blauen Kreuz«, sagte er.

»Ist Frau Pfarrer Blümcken eure Mutter?«, fragte der Kommissär.

»Ich bin Blümcken zwo«, sagte der erste Neger stolz. »Mein Zwillingsbruder ist Blümcken eins. Wir sind heute achtzehnjährig geworden und haben bei den Young-Boys unterschrieben. Ich spiele am linken und mein Bruder am rechten Flügel, weil ich Linksbeiner bin und mein Bruder Rechtsbeiner ist. Das ist nur möglich, weil wir nicht eineiige Zwillinge sind. Wären wir eineiige Zwillinge, wären wir beide entweder Rechtsbeiner oder Linksbeiner, das müssen sie zugeben.«

»Leuchtet mir ein«, sagte der Kommissär.

Der Neger sah ihn herausfordernd an und sagte: »Papa ist natürlich nicht einverstanden.«

»Papa?«, fragte der Kommissär vorsichtig.

»Pfarrer Blümcken«, antwortete der Neger. »Mein Bruder und ich waren bisher im Evangelischen Seminar Muristalden. Wir sollten beide Lehrer werden. Scheißberuf.«

»Na ja«, sagte der Kommissär.

»Fußballprofi ist kein Scheißberuf«, erklärte Blümcken zwo. »In einem Jahr spielen wir in der Nationalmannschaft und dann lassen wir uns nach Spanien transferieren. Oder nach Lauderdale.«

Blümcken eins kam wieder. Mammi lasse bitten, sagte er.

Der Kommissär wurde durch einen dunklen Korridor geführt. Von irgendwoher Kindergeschrei. Blümcken eins öffnete eine Tür, und mitten in einem Möbel-Pfister-Salon stand eine Frau. Sie wirkte alt und traurig.

»Elsi?«, fragte der Kommissär vorsichtig.

»Du bist es, Gottlieb?«, fragte die Frau vorsichtig. Sie war sehr verlegen. »Ich bin alt geworden«, sagte sie.

»Ich auch«, antwortete der Kommissär, obgleich er sich plötzlich ihr gegenüber jung vorkam. Er konnte einfach nicht glauben, daß er zehn Jahre älter als diese Frau sei. Aber auf das plötzliche Gefühl des Jungseins überfiel ihn unmittelbar das Gefühl, uralt zu sein.

»Na ja«, sagte er, »ich wußte nicht, daß du einen Neger geheiratet hast.«

Sie starrte ihn an: »Einen Neger?«

Er setzte sich in den nächsten Möbel-Pfister-Sessel. »Ich wußte nur von deiner Ehe mit einem Pfarrer Blümcken irgendwo in Graubünden –«

»In Flims«, präzisierte die vergrämte Frau und strich hilflos über ihre blaukarierte Schürze.

»Na schön, in Flims«, brummte der Kommissär, wütend, daß er hergekommen war. »Du hast dich nach unserer Scheidung mit einem Pfarrer Blümcken verheiratet. Deine Sache. Ich wußte nicht, daß er ein Neger ist. Deine Sache. Ich habe nichts gegen Neger. Ich finde sie auch weit appetitlicher als uns. Aber trotzdem. Einen Stich gibt es halt doch. Ich weiß, daß ich altmodisch bin. Vielleicht bin ich nachträglich nur eifersüchtig. Aber irgendwie ist es eben ein Schock.«

Ein Mädchen kam herein. Es gefiel dem Kommissär ungemein. Nur, schweizerisch sah es auch nicht aus.

»Soll ich Tee servieren, Mammi?«, sagte das Mädchen.

»Ich glaube nicht«, antwortete Elsi. »Ich glaube nicht, Kläri, ich muß mich um die Zwillinge kümmern. Sie schreien.«

»Zwillinge?«, fragte der Kommissär mißtrauisch.

»Vietnamesische«, antwortete Elsi, sie seien anderthalb Jahre alt.

Der Kommissär runzelte die Stirn: »Würdest du mir bitte erklären?«

»Oswald ist kein Neger«, sagte Elsi schlicht.

»Oswald?« Der Kommissär war nicht mehr im Bilde.

»Pfarrer Blümcken, mein Mann«, erläuterte Elsi. Sie strich wieder über ihre Schürze, setzte sich dann auch in einen Möbel-Pfister-Sessel. »Er hat sich untersuchen lassen. Er ist unfruchtbar. Darum haben wir Kinder adoptiert. Otto und Rudolf aus dem Kongo.«

»Blümcken eins und Blümcken zwo«, ging es dem Kommissär auf.

»Dann Drillinge aus Korea«, sagte Elsi.

»Das Mädchen, das eben – das ist eine von diesen?« Der Kommissär war nicht ohne Hochachtung vor dieser Leistung.

Elsi sah ihn ergeben an. »Eine«, bestätigte sie. »Dann letzthin noch die Zwillinge aus Vietnam. Das heißt, ich habe Diego aus Chile vergessen. Zehnjährig.«

»Wenigstens nur einer«, sagte der Kommissär, und seine Bemerkung kam ihm sehr roh vor.

»Ich bin sehr unglücklich«, sagte Elsi still. »Ich habe einfach kein Talent zu einer Adoptivmutter. Dabei hängen die Kinder an mir. Ich kann es nicht begreifen. Das Fürchterliche ist, daß sie Oswald alle hassen.«

Der Kommissär schwieg.

»Gottlieb«, sagte Elsi und schwieg ebenfalls. Sie hatte Hemmungen weiterzusprechen.

Der Kommissär überlegte, ob er nun aufstehen und seine erste Frau verlassen solle. Das Wiedersehen war ihm zu konfus. Aber er blieb und fragte: »Was denn?«

»Du solltest jetzt gehen«, sagte Elsi.

»Das will ich ja«, sagte der Kommissär.

»Ich möchte nicht, daß du Oswald kennenlernst«, sagte Elsi. »Er spricht soviel.«

Der Kommissär stutzte. »Elsi«, sagte er, »woher –, ich meine, als wir verheiratet waren –,versteh mich nicht falsch –, aber da hast du doch –, na ja, ich meine, du hast gesprochen, gesprochen –, immerzu gesprochen.«

Elsi sah ihren früheren Mann an, strich wieder über ihre Schürze, als wäre sie das Kostbarste, was sie besäße. Vielleicht war sie das Kostbarste, dachte der Kommissär. »Jetzt redet er«, sagte sie, »und ich schweige. Für immer.«

»Ich gehe«, sagte der Kommissär und erhob sich.

Sie blieb sitzen. »Alle bewundern Blümcken. Er ist der Mann, der eine Völkerfamilie gegründet hat, der Mann, der sich über alle Vorurteile hinweggesetzt hat. Jetzt will er er auch einen blinden kleinen Ägypter und ein siebenjähriges Mädchen aus dem Libanon aufnehmen. Man mußte ihm beide Beine amputieren.« Sie weinte leise.

»Elsi«, sagte der Kommissär, »wenn es für dich zu schwer wird, weigere dich einfach.«

Elsi trocknete sich mit der Schürze die Augen. »Wenn man einmal ins Heldentum geraten ist, gibt es keine Weigerung mehr.« Sie erhob sich.

»Gottlieb«, sagte sie verlegen, »ich muß dir etwas sagen.«

Dann schaute sie ihn an.

»Du hast einen Sohn«, sagte sie ruhig. »Er ist jetzt vierunddreißig.«

Der Kommissär antwortete nicht.

»Die letzte Nacht vor unserer Scheidung haben wir uns verstanden«, sagte Elsi und strich wieder über ihre Schürze.

Der Kommissär antwortete nicht.

»Es war die glücklichste Nacht in meinem Leben«, sagte Elsi. »Nachher war die Hölle.«

Der Kommissär schwieg.

»Nach neun Monaten kam Gottfried zur Welt«, sagte Elsi, »dein Sohn. Es störte Oswald nicht. Nichts stört Oswald. Wenn er nur reden kann.«

»Ich verstehe«, sagte der Kommissär.

»Gottfried kommt nächste Woche«, sagte Elsi. »Aus Kanada. Er weiß, daß du sein Vater bist.«

Der Kommissär ging zur Tür. Das hätte er nicht zu wissen brauchen, sagte er.

Die Tatsache, daß er einen Sohn besaß, beschäftigte den Kommissär derart, daß er diese Tatsache sogleich verdrängte. Wieder in der Gerechtigkeitsgasse, versuchte er, ein Taxi anzuhalten. Es hatte inzwischen zu schneien begonnen. Es ging ein halbe Stunde, bis er eines auftrieb.

Viele Jahre hatte er im Altenberg gewohnt, nun hauste er in der Gesellschaftsstraße gegenüber dem Studentenheim, neben dem Haus eines Arztes, vor dessen Vorgarten er immer verbotenerweise parkierte. Als das Taxi hielt, stand der Arzt neben dem Wagen des Kommissärs. Dieser zahlte und stieg aus dem Taxi, ging dann auf den Arzt zu, einen kleinen, aber wuchtigen Mann mit einem Backenbart und ausrasiertem Kinn, der den Kommissär belustigt musterte.

»Was Sie dürfen, möchte ich auch mal dürfen«, sagte der Arzt.